Sucre noir

Miguel Bonnefoy

Sucre noir

Rivages

Retrouvez l'ensemble des parutions
des Éditions Payot & Rivages sur

payot-rivages.fr

I

Le jour se leva sur un navire naufragé, planté sur la cime des arbres, au milieu d'une forêt. C'était un trois-mâts de dix-huit canons, à voiles carrées, dont la poupe s'était enfoncée dans un manguier à plusieurs mètres de hauteur. À tribord, des fruits pendaient entre les cordages. À bâbord, d'épaisses broussailles recouvraient la coque.

Tout était sec, si bien qu'il ne restait de la mer qu'un peu de sel entre les planches. Il n'y avait pas de vagues, pas de marées. D'aussi loin que s'étendait le regard, on ne voyait que des collines. Parfois, une brise passait, chargée d'un parfum d'amandes sèches, et l'on sentait craquer tout le corps du navire, depuis la hune jusqu'à la cale, comme un vieux trésor qu'on enterre.

Cela faisait plusieurs jours que l'équipage survivait difficilement à bord. On y trouvait des officiers sans bannières, des bagnards borgnes, des esclaves noirs qui, les dents cassées par la crosse d'un fusil, avaient été enchaînés sur la côte du Sénégal et achetés sur un marché londonien. Pendant des heures, ils se tenaient au bastingage, les coudes appuyés sur une mousse humide, et scrutaient l'horizon en cherchant l'océan.

Les jours défilaient sans rien d'autre à voir que la couleur des arbres et les oiseaux qui s'envolaient des feuillages. Ils allaient et venaient, vêtus d'un pagne autour des reins, errant de bord à bord, enjambant les ronces entre les planches.

Certains suspendaient assez haut leurs hamacs pour échapper au lierre qui grimpait. D'autres jouaient aux dés, assis sur des sacs de gravats. On ne lavait plus le pont, on ne vidait plus les soutes. Seul le second, un géant d'Haïti, taillait chaque jour une encoche sur le bois du mât et s'efforçait de retrouver, dans les ressacs de la forêt, le bruit d'un port qu'on approche et d'une ancre qu'on mouille.

La frégate était partie quelques mois auparavant de la rade de Weymouth avec des ballots de marchandises. Elle était en bois d'acajou dont on disait qu'il ne prenait ni la pourriture ni les vers. Les voiles avaient été enduites de goudron pour mieux résister au vent. Juste avant le départ, un aumônier avait célébré une messe sur le quai et un charpentier de marine avait écrit le nom du navire à la proue, en signe de bon augure.

On avait amassé dans l'entrepont des lentilles, des haricots, des légumes secs et des barriques chargées de porc salé, enveloppé dans des cordons d'ail. Un vice-roi d'une province éloignée avait offert cent livres de miel. On fit même monter à bord une tortue géante que l'on conserva vivante, tournée sur le dos, pendant des semaines, avant de la découper.

Mais le voyage fut long. Les premiers jours après le naufrage, il fallut organiser des rations de biscuits et de vin. Bientôt, on ne put plus compter sur les provisions. La touffeur avait asséché les barriques, les quartiers de porc avaient pourri sur le parapet et le miel manquait. Faute de lentilles, on buvait le soir de la soupe aux herbes dans des bols en étain. Les biscuits tombaient en poudre couverte de larves qu'on avalait avec de la sciure.

L'eau des tonneaux, chauffée au soleil, prit la couleur noire des bassines de forgerons. Les peintures s'écaillèrent, de sorte que le nom du navire devint illisible. Les canons servirent de nids aux rapaces et les sabords de cages aux chauves-souris. Lorsque enfin on voulut manger la tortue, et qu'on ouvrit la carapace pour en racler la chair, on découvrit que l'intérieur était vide. Il ne restait que des poignées de sable rouge qui traçaient des signes mystérieux, si bien qu'un des esclaves, sensible aux lois surnaturelles, assura qu'il s'agissait d'un alphabet de sorcellerie.

L'équipage décida d'envoyer un canot à terre afin d'explorer les alentours. Le second se fit descendre dans un fauteuil fixé à l'extrémité d'un palan. En glissant, il aperçut le ventre du navire, rongé au flanc par des tentacules de mousse. Cinquante mètres plus bas, un grand lagon couvert de fange, sombre comme un marécage, s'étendait à des centaines de lieues vers la forêt.

La terre était boueuse. Il n'y avait que des arbres aquatiques dont les racines étaient noyées. Au-dessus de la mangrove, on voyait, flottant comme des radeaux, des troncs entremêlés de lianes et de branchages, des canaux sinueux qui coulaient sous les arceaux, des cadavres d'hirondelles dans la boue.

Rien ne ressemblait à l'océan. À cet instant, le second comprit qu'ils s'étaient égarés au milieu d'un territoire inconnu où, pour les empêcher de rejoindre la mer, tous les pièges de la nature semblaient se dresser devant eux.

Il remonta et dit :

– Il faut prévenir le capitaine.

Henry Morgan dormait dans une petite alcôve construite sous le pont, sans porte, que fermait un rideau fixé à des crochets. Le navire était sous ses ordres mais, depuis qu'il avait fait naufrage, personne ne l'avait vu sortir de sa retraite.

Le second poussa le rideau et entra dans une pièce au plafond bas. Pour avancer, il dut s'ouvrir le passage à la machette. Toute sorte de fleurs tropicales poussaient à travers les écoutilles. Une verdure épaisse avait envahi les poutres. Des feuillages entouraient les armoires en citronnier et des meubles lourds, verts de fougères, craquaient vaguement dans l'ombre.

L'espace était rempli de curiosités lointaines, objets de pillages, qui servaient de monnaie d'échange dans les ports étrangers. Sur une table, s'entassaient des quintaux de clous de girofle venus des Moluques, de l'ivoire du Siam, du cachemire du Bengale et du bois de santal du Timor. Tout sentait le poivre de Malabar conservé dans de la porcelaine.

Au centre de la pièce, des cassettes étaient ouvertes sur une table, avec des compas et des bréviaires en peau de lézard, sur lesquels reposaient de l'huile de ricin et du rhum de Cayenne. Ici et là, on distinguait de vieilles cartes maritimes avec des légendes latines, reliées et dorées à Venise, et au milieu, un coffre en chêne, bardé de lambeaux de fer, scellé de douze clous d'argent, qui laissait voir à l'intérieur des centaines d'écus, de louis, de croix et de calices, de *morocotas*, plusieurs poignées de sabre, le col d'une jarre étrusque et les cornes d'or de Gallehus.

Personne, hormis le second, ne soupçonnait que dans les flancs du navire où empestaient la misère, la faim, la viande pourrie, le biscuit immangeable, un trésor dormait en silence, sous les planches terreuses, comme un ange au fond d'une bauge.

Le second parla dans l'obscurité :

– Capitaine, les hommes s'impatientent.

Une forme bougea dans le fond et une silhouette se découpa, couchée sur un lit à colonnes, dans une lumière sale.

Le capitaine, pâle et maigre, avait la tête posée sur neuf oreillers. Immobile, on aurait dit qu'il était mort. Il fixait les branches qui entraient dans l'alcôve à travers le hublot. Il y avait dans l'air cette odeur que l'on trouve dans la chambre des malades. Autour de lui, la forêt grondait comme une marée.

– Qu'ils s'impatientent, répondit Henry Morgan d'une voix enrouée. Ça leur fera oublier la faim.

Le second éclaira une chandelle qui fit apparaître le visage du capitaine, une moustache à la française, de longs cheveux pleins de graisse et de chanvre, les yeux injectés de quarante ans de piraterie. La flamme rougissait ses dents et jaunissait sa peau de la tête aux pieds. Des cernes mauves mangeaient ses pommettes.

Sa figure était celle d'un vieillard dont les rides figées avaient été creusées par le tannage du sel. Même couché, il portait un manteau en cuir gris dont les poches intérieures dissimulaient des pistolets. Sur la tête, il avait un tricorne si usé qu'il paraissait avoir vieilli douze mois en fût de chêne. Entre ses doigts, il faisait rouler des bagues d'or à charnières qu'il avait volées à la Barbade.

Henry Morgan se pencha vers la table de chevet et se servit une rasade de rhum, allongée d'un trait de citron vert.

– Si j'avais des jambes, je leur montrerais comment survit un pirate, ricana-t-il. Même à terre.

Il souleva son drap et le second put voir les jambes du capitaine, aussi grosses que des cloches d'église, leur peau tendue et violacée, boursouflée d'œdème. Les années de rhum avaient soumis ses veines à une forte pression. Les capillaires avaient éclaté. Le tissu de ses muscles s'était gonflé d'eau. Il n'était soulagé que par des infusions d'écorce de grenadier, des bouillons de pin au vinaigre et des décoctions de lait de chèvre mélangées avec dix onces de cidre.

Lui qui avait été tour à tour corsaire, commandant en chef, frère de la côte, gouverneur de la Jamaïque, dormait à présent quatorze heures par jour. La nuit, il pissait au lit.

Des cataplasmes séchaient au sol, du sang tachait des chiffons. Un vieil esclave lui faisait des ponctions au ventre, lui préparait des pommades de graines d'anis et de coriandre longue, mais Henry Morgan agonisait au fond de son navire, seul et pauvre, plongeant ses mains dans un trésor qui ne pouvait pas le sauver.

– Qu'on ne me dérange plus, dit-il.

Il se coucha sur le lit et ajouta :

– Dans la maison d'un pendu, on ne parle pas de corde.

Le second prédit aussitôt que l'absence d'un capitaine dans une telle situation ne pouvait que mener à une mutinerie. Or la faim ne poussa pas à la révolte, mais à la chasse.

On fit comme en mer. On monta des lignes de pêche et on suspendit des filets pour attraper les oiseaux qui, par centaines, passaient en dessous du navire comme des bancs de poissons. Les nasses ne remontaient que des rongeurs minuscules, des iguanes immangeables et de jeunes singes qui, avec une ruse légère, s'échappaient pour voler à bord de la vaisselle en métal blanc. Les lézards mordaient la trappe en grimpant par le fil, en petits bonds rapides, et glissaient furtivement entre les doigts des marins.

Le second tissa avec des lianes un panier fait de roseaux fendus et déposa quelques fruits dans le fond. Aussitôt, la corde du panier tira fort. Quand on ouvrit le piège, un animal sortit très lentement, en posant ses griffes sur les planches.

C'était un paresseux gris, laid comme la soif, dont la longueur des bras doublait sa taille. Il n'avait pas d'oreilles. Un fard noir soulignait ses yeux. Il avait le nez écrasé, le visage plat, le pelage dru. Avec des gestes lents, il balançait sa tête de droite à gauche d'un air triste, pendant que l'équipage l'entourait avec curiosité.

– Il paraît que ça a le même goût que la langouste, avança le cuisinier.

On installa alors un brasero et on grilla le paresseux, accompagné de chants marins. On le servit avec quelques mangues cueillies directement de l'arbre et deux perroquets, assez gras, qui migraient en couple vers le sud. On les avait fait mariner pendant deux heures, dans du jus de citron, et cuire dans des feuilles de bananier.

Pour économiser le sel, on prit des graines de bois d'Inde. Faute de crabes, on chassa des crapauds. Et c'est ainsi que l'on dressa le premier et le seul banquet rustique que devait connaître cet équipage de pirates, habitués aux crevettes et aux grappes de coquillages, qui avait fait plusieurs fois le tour du monde et qui, cependant, ignorait tout de la terre.

Au bout d'un mois, le temps changea. Le ciel se couvrit de nuages noirs et la forêt devint houleuse. L'air froid venait du large. La frégate tangua, donna de forts coups de poupe contre le manguier.

Au milieu de la nuit, une puissante tempête s'abattit sur le navire. Le vent gonfla les voiles. Des trombes de feuilles tombaient, de grosses branches assommaient les marins, et tous s'agrippaient au parapet, attachés aux cordages qui tiraient à rompre. La frégate remuait en tous sens. Dans les arbres, elle dansait comme un bouchon. Les hommes couraient, rampaient, priaient. Sur le pont mouillé et glissant, ils pouvaient à peine se tenir.

Ils luttèrent pendant toute une nuit contre les assauts de l'orage. La quille gémit jusqu'à l'aube et un matelot eut si peur que, le lendemain, avec une superstition patriotique, il fit hisser à la corne le pavillon national.

Au matin, la coque s'était fissurée et l'eau entrait de partout. Le bois était si pourri qu'il sentait la vieille levure. Bien que le navire ne se balançât plus, les hommes se tenaient encore les jambes écartées pour éviter les roulis.

Le second demanda aussitôt d'inspecter l'état du bâtiment. De la quille à la pointe du mât, six matelots dressèrent l'inventaire de chaque filin abîmé, chaque vis aplatie, chaque écrou rouillé. En haut, la vigie signala des flèches et des haubans arrachés par les vents.

Le second ordonna à quelques matelots habiles de goudronner et de calfater. Ils se distribuèrent des marteaux, des seaux de poix et des étoupes trempées. Attachés entre eux par des cordes, ils durent scier des branches pour remplacer les planches, tailler des poutres et consolider la base du mât. Ils placèrent de lourds tonneaux à bâbord pour faire un contrepoids. On couvrit la poudre avec des bâches et, comme il ne restait plus de goudron pour boucher les fissures, on usa de la sève de palétuvier.

Le second réunit les hommes au carré. Devant l'équipage, il prit solennellement la parole et dit à voix basse, comme si le diable écoutait :

– Messieurs, nous sommes trop lourds.

Il fut ainsi décidé de jeter par-dessus bord tous les objets inutiles pour alléger le navire. On fit d'abord basculer sept canons et des kilos de plomb qui servait à fondre des munitions. Ensuite, on se débarrassa des coffres à feu, des grenades lardées, tout l'attirail de guerre. On lança dans le vide des caisses de plantes qu'on cultivait dans les cales et on fit exploser les dernières bombes de soufre qui éparpillèrent les vautours.

Le navire continuait à crisser, à s'enfoncer. Il fallut balancer les armoires volées lors des raids, des globes terrestres venus de Rome et deux grands miroirs. Les pirates se mirent à plusieurs pour détacher la chaîne de l'ancre. On les vit bientôt courir en tous sens sur le pont, une foule de silhouettes effrayées par les craquements du navire, les bras chargés de provisions et de caisses en sapin, roulant des tonneaux percés.

Le café et les fruits secs furent emportés, mais le second s'opposa à ce que l'on touche aux épices, parce qu'en Europe un grain de poivre valait plus que la vie d'un homme.

La forêt se couvrit de marchandises, de soieries et de tableaux pillés. Une voile se détacha, coiffant les têtes des arbres au loin. Des chapeaux à plumes, des bas de velours, des culottes de dame pendaient aux branches. On largua aussi des morceaux du navire, les huniers, les avirons, et on monta sur le pont des pipes de vin de Madère pour les boire au plus vite.

Les oiseaux serraient entre leur bec des bracelets de cuivre et d'argent. Des robes de marquise flottaient au vent, sur la canopée, et les singes jouaient avec des dentelles, sautant d'arbre en arbre, déchirant le drapeau noir de la flibuste.

Mais la frégate restait trop lourde et s'enfonçait encore. Les hommes finirent par s'irriter. Le second, suivi de deux marins, écarta le rideau de l'alcôve.

Henry Morgan, solitaire dans sa retraite, couché sur le lit, comptait à la lumière d'une chandelle ses pièces d'or devant son coffre ouvert. Quand il vit les hommes armés, il se redressa subitement et porta sa main à son pistolet.

– Capitaine, il faut vider l'alcôve, dit le second.

Henry Morgan braqua son pistolet vers l'entrée. Rongé par l'alcoolisme, son visage était devenu blême, cadavérique. Son arme tremblait dans sa main :

– Non, répondit-il. Il faut d'abord vider le navire.

Il fit feu et un des marins tomba. Les hommes sortirent leurs sabres, un combat furieux éclata sur le pont.

Au fur et à mesure qu'ils tombaient, on jetait les corps par-dessus bord. Henry Morgan hurlait en tirant dans la cohue et promettait à celui qui le protégerait sa part du butin. On fit un cercle autour du lit.

Ce fut un désordre de coups de feu, d'éclats de sabres noirs, de faux rouillées, de jambes de bois. Tous se battaient, le matelot pour défendre sa liberté, l'esclave pour la gagner, et le tumulte faisait tanguer le bateau dans les hauteurs.

Le combat dura deux heures. Il y eut trente morts, onze déserteurs, et l'on retrouva le cuisinier poignardé dans la fourche d'un arbre. À la fin, il ne restait à bord que le capitaine, dix hommes qui l'avaient protégé et le second, gravement blessé.

Henry Morgan, épuisé, délirait sur son lit. Le plancher était jonché de débris, de doigts coupés, de pots cassés. Plusieurs cadavres n'avaient pas été retirés. Le capitaine considéra aussitôt qu'une mutinerie sous son commandement était intolérable et, comme un décret royal lui accordait le droit de mort sur son équipage, il désigna un coupable pour en faire un exemple.

Le second, dans un coin, tremblait de froid, sa main essayant d'arrêter le sang qui coulait de son flanc. Brusquement, le capitaine ordonna de le juger pour rébellion. Pour marquer son autorité, il souhaita employer la procédure des tribunaux anglais, invoqua la justice divine et la tradition des pires exécutions à la Tour de Londres.

Sur le pont, on habilla un pirate en greffier, on fit témoigner des blessés. On demanda au seul qui savait écrire de dresser un procès-verbal. Un manchot, en qualité de président, expédia l'audience et prononça la sentence à midi. Henry Morgan mit alors une perruque de juge, signa l'acte de sa propre main et, pour punir un crime, en commit un autre.

Une demi-heure plus tard, dans ce pays isolé, au milieu d'une forêt tropicale, furent appliqués les châtiments barbares des cours européennes et, à des milliers de *miles*, sous la lumière verte des amandiers, on décapita le second à la hache.

Henry Morgan entrait dans sa légende et perdait la raison. Il exigea d'être transporté sur le pont pour voir la tête rouler. Quatre hommes levaient le lit sur leurs épaules, quand tout à coup éclata non loin un bruit sec, comme le craquement d'une grosse pièce du navire, suivi d'un battement sourd, qui s'accompagna de roulements inattendus dans l'alcôve. Henry Morgan dut s'agripper à la colonne du lit pour ne pas tomber.

À cet instant, un marin entra, ballotté par le va-et-vient :

– Capitaine, la quille vient de se casser.

Il ajouta :

– L'étrave est éventrée, la carène fendue. Le navire s'effrite comme un morceau de sucre. L'orage approche à grands pas, continua-t-il essoufflé. Le navire ne tiendra pas une autre tempête.

Partout, les planches se brisaient. Les arbres ne supportaient plus la coque. Le marin, qui se tenait près du lit, regarda le coffre que serrait Henry Morgan dans ses bras.

– Capitaine, l'or est lourd. Permettez que je vous aide.

Il tendait la main quand Henry Morgan lui cracha des grumeaux de sang au visage. Un rire de malice lui déforma les lèvres.

– Je l'emporte avec moi, dit-il. La mort doit bien avoir un prix.

Le poids du bateau déracina les arbres et l'entraîna vers l'abîme. Un nuage de poussière se leva et couvrit le ciel. Le vacarme de la chute affola les animaux. Ainsi, les marécages, les passions, les profondeurs de la nature, avalèrent si bien la frégate de Henry Morgan que l'on ne récupéra aucun vestige, et son trésor resta enfoui là, entre des morceaux de voile et le cadavre d'un pirate, conservé dans le ventre des Caraïbes.

II

Trois siècles plus tard, un village s'installa là où le bateau avait disparu. Ce n'était alors qu'une communauté isolée, construite à la lisière d'une forêt, où l'on vivait de ce qu'on produisait. Le lait se distribuait aux portes, la glace était un luxe et les montres étaient réglées sur le vol des oiseaux.

Les femmes portaient des corbeilles de fruits sur leurs têtes jusqu'à une place, sans nom ni statue, où les chemins n'étaient pas encore pavés. Les sentiers étaient poussiéreux à la saison sèche et boueux à la saison des pluies. Devant une ligne d'arbres, s'ouvrait une vallée striée de champs de tournesols aux longues feuilles dont les inclinaisons donnaient le sens du vent. Au loin, on apercevait les ruines d'une chapelle où l'on disait que des pirates anglais avaient fait naufrage.

Par le village était passé autrefois un homme qui avait confirmé la légende des trésors perdus du capitaine Henry Morgan. Il tenait cette histoire des frères des anciennes missions qui, dans les marais, avaient trouvé des pièces de monnaie dont la valeur n'avait jamais été estimée. La nouvelle avait fait grand bruit, mais les campagnes ne s'étaient pas couvertes de chercheurs d'or, barbus et bavards, avec une pelle à l'épaule et un tamis à la main.

Dans cette région déserte, les paysans, incapables de lire une carte ou de calculer un méridien, ne savaient que manier la faucille, cultiver le maïs, moudre le grain avec des meules à bras. Comme il n'y avait rien à acheter et tout à construire, l'or valait moins que le fer. Ils ne connaissaient rien des pirates et, pour la plupart, n'avaient jamais vu la mer.

La tribu n'étant plus, le peuple n'étant pas encore, ils naissaient et mouraient dans cette existence immobile, rendus à la lenteur des moissons, laissant après eux des constructions fragiles dans la vallée.

À l'ouest, les maisons les plus pauvres avaient un jardin sans cloître, aux barrières naturelles, et s'entouraient de champs de goyaviers qui, lorsque les vents venaient de l'intérieur des terres, répandaient des parfums de fleurs à des lieues à la ronde. À l'est, les belles demeures des planteurs conservaient le style colonial, avec des toits à pans, des portails de bronze et des balcons à balustrades pour contempler les plantations.

Entre les deux, à l'orée de la forêt, de petites fermes occupaient un plateau docile où l'on cultivait du café, des bananes et de la canne à sucre.

La ferme de la famille Otero faisait face au soleil avec des tuiles vermeilles et des murs blancs. À l'entrée, un heurtoir en cuivre représentait une main ouverte, en signe d'hospitalité. La porte donnait sur un large salon et une salle à manger qui avaient la simplicité d'un monastère.

Des fleurs cueillies le jour même ornaient des vases en terre cuite et chaque pièce avait une fenêtre avec vue tantôt sur la rue, tantôt sur une arrière-cour plantée de gardénias. Dans cette arrière-cour, on avait dressé à l'aide de briques des fourneaux et une grande cabane au fond qui, construite pour l'élevage de coqs de combat, n'enfermait entre ses cloisons que quelques poules maladives.

Les Otero avaient acheté cette propriété pour une somme ridicule. Le terrain, abandonné depuis des décennies, avait perdu de sa valeur et on avait dû le mettre en vente.

Bien que la façade fût laide et les volets décrépits, l'intérieur sentait bon le sucre, mêlé aux odeurs de bois. De l'entrée principale jusqu'au dernier étage, la maison entière baignait dans une lumière de cuir et de vieux chêne. Le matin, des vents fous la recouvraient d'une poussière cendrée qui apportait des cigales et des présages. Le soir, tout était mauve.

On comptait à l'étage trois chambres aux murs jaunis et une petite habitation, au rez-de-chaussée, séparée des autres, que trois chaises de paille, un lit et des rideaux d'étamine meublaient grossièrement.

Cette chambre n'avait jamais été occupée. L'acte de vente précisait que ceux qui prendraient possession de la maison devaient s'engager à ne rien toucher dans la chambre du fond. La clause n'avait aucune valeur juridique, mais elle fut moralement respectée par tous les propriétaires, si bien que ni les Otero ni plus tard les Bracamonte n'entrèrent jamais dans cette pièce sombre dont la porte n'était ouverte qu'une fois par an.

Tous les 1er novembre, avec une ponctualité religieuse, une vieille femme entrait dans la maison, un seau vide à la main, marchait droit vers cette chambre et s'y enfermait pendant des heures. C'était l'ancienne propriétaire qui venait pleurer là son mari mort.

Elle emplissait son seau de larmes, allumait sept cierges aux mèches enduites de beurre et buvait du vin de cannelle. Courbée, la tête recouverte d'une mantille de deuil, la robe aux dentelles usées, elle ne levait jamais les yeux que pour s'adresser à Dieu. Sa peau parcheminée semblait séchée à la fumée. Son front était barré d'une mèche de cheveux gris qui, avec le temps, avait pris la couleur jaune des effilochures de maïs.

Au milieu de la nuit, elle sortait en refermant la porte à plusieurs tours, traversait le salon et, passant sous le porche, disait à voix basse au père Otero :

– À l'année prochaine, monsieur.

Il ne répondait pas. À cette heure, il était encore assis sur sa chaise en rotin et se balançait en fumant sa pipe, le regard perdu dans ses plantations.

Ezequiel Otero était un homme aux habitudes simples. Il n'aimait ni les voyages ni le faste. Il était large de front, le nez bas, le regard broussailleux. Il avait grandi dans cette contrée abandonnée au soleil, au sein d'une famille modeste et chrétienne dont le père était également fermier.

Depuis son enfance, il faisait et refaisait sans cesse le même chemin derrière la charrue, coupait la canne sans réfléchir, la pressait à la force de ses bras. Maigre, poilu, son corps était creusé de fatigues caverneuses, de vagues désirs, et les travaux de la ferme, l'incertitude des récoltes, avaient frappé sa silhouette. Il était vêtu d'un costume de toile légère, de couleur beige, et portait des espadrilles en corde de chanvre et une machette en bandoulière.

La mère, en revanche, Candelaria Otero, née Castillo, s'habillait avec réserve. Elle boutonnait ses robes en coton jusqu'au menton, avec un col écru, qu'elle passait à l'amidon. Dans les manches de ses laines se dissimulait une petite croix en ivoire. Elle avait la démarche des sœurs hospitalières qui autrefois allaient et venaient dans les couloirs des lazarets, avec leur voile, leur bandeau et leur guimpe tenue par des épingles.

Elle aimait recevoir des louanges sur l'entretien de sa vaisselle, sur le choix de ses meubles, sur la santé de son mari. Ses draps étaient toujours parfumés de fleurs glissées entre leurs plis. C'était une femme d'une patience minérale et, jusqu'à la fin de sa vie, elle prépara des soupes créoles, les yeux effacés au fond des marmites, dans sa cuisine où pendaient des jambons secs.

La fille unique de ce couple sans histoire s'appelait Serena Otero. Ils l'avaient eue très tard, alors que la mère avait abandonné l'idée d'une grossesse et le père celle d'une bouche à nourrir. L'enfant naquit ainsi dans cette maison de vieux, pleine d'objets désuets et de meubles anciens, habitée par des êtres sans force ni enthousiasme, épuisés de vivre.

Cette existence solitaire la replia sur elle-même. Elle ne jouait avec personne, ne se roulait pas dans l'herbe, évitait les dangers de l'enfance et parlait un espagnol lisse, sans grossièretés, avec un léger accent de province. Elle prit l'habitude de dire peu de chose, d'économiser ses gestes, de paresser.

Pendant des heures, elle restait accroupie dans sa chambre, à regarder par la fenêtre les fleurs du pré, à attendre patiemment le rosaire du soir. Avant de se coucher, par peur du noir, elle remplissait d'huile de corozo ses lampes de chevet et s'allongeait doucement sous sa moustiquaire de tulle.

À force d'observer le paysage, Serena Otero développa un talent pour la botanique et une belle main pour dessiner les fleurs. Dans la forêt, elle cueillait des pinces de homard, des oiseaux de paradis, des jasmins antillais, des roses de porcelaine, et collectionnait des herbiers. Elle portait sous le bras un cahier qu'elle avait elle-même relié en papier gaufré et des fusains qui salissaient ses poches.

Avant midi, elle traversait les fourrés dans son jupon aux couleurs vives, avec une petite pelle en fer et un panier brodé de noir. Ses bras paraissaient faibles mais lorsqu'elle arrachait une racine, ou qu'elle portait des caisses de terre, on sentait à ses muscles ronds, allongés et vigoureux, la souplesse de sa jeunesse et la hardiesse de sa nature.

Haute, légère, elle ne respectait pas la raideur paysanne. Elle avait des cheveux plus clairs, une bouche sensuelle, sa silhouette était si déliée que même les natures les plus rebelles finissaient par s'émouvoir. Toute une cour de jeunes admirateurs s'empressait autour d'elle, mais les galanteries l'ennuyaient, et Serena Otero, jusqu'au jour de sa mort, rêva à d'autres horizons.

Les soirs, à table, le dos arrondi, les cheveux ramassés, elle touchait à peine son assiette, sans dire un mot, en regardant la soupe refroidir. Elle prenait sur ses genoux une tortue à pattes rouges, de vingt ans plus vieille qu'elle, et lui caressait la tête mollement, sans lever le nez.

Les discussions au cours des dîners tournaient autour des habituelles inquiétudes de la maison et du moulin, l'épaisseur de la mélasse et l'arrivée de la saison sèche. Depuis seize ans, ces moments se ressemblaient. Le père racontait sa journée, la mère la sienne, et Serena, étrangère à sa propre famille, endurait ces repas interminables, regardant passer les plats devant elle, sans révolte ni appétit.

Une seule activité la sortait de cette torpeur. De l'autre côté du salon, près de la fenêtre, elle avait posé un poste TSF avec de nombreux boutons et des manettes de nickel. L'invention, assez récente, était probablement l'objet le plus moderne de tout le village.

Le poste avait une pile, des bobines, une longue antenne et un haut-parleur en col de cygne. Il était rectangulaire, avec des motifs en marquete-rie d'ébonite noire, et émettait des sifflements, des couinements, des crachotements. On l'allumait à la fin du dîner, et lorsque le père fumait la pipe et la mère tricotait, sortait alors de ses entrailles la voix lointaine d'un speaker.

Serena retenait tout ce que l'homme disait. Après le bulletin radiodiffusé, les vieilles valses et les émissions de cuisine, vers huit heures, un journal quotidien, lu par une voix sage et caressante, était consacré aux auditeurs du village. Faute de courrier, la station transmettait des messages personnels et le speaker lisait l'écriture maladroite des fermiers qui s'envoyaient des informations.

On apprenait de cette façon le nom des voisins, les naissances, les décès, les mariages à venir, les disputes à propos d'un héritage. On marchandait le prix des vaches, on publiait l'heure des abattages et, à chaque nouvelle saison, avec un enthousiasme

naïf, on annonçait l'arrivée des caravanes de marchands.

Ce fut plus ou moins à cette époque qu'un médium fit passer une annonce à la radio : « Doctoresse Esmeralda Cadenas, médium professionnelle, entre en communication avec tous types de morts et obtient des visites exclusives depuis l'au-delà. Dix minutes, dix pesos. Rencontre intime, vingt pesos. »

Esmeralda Cadenas se fit connaître le jour où un mort répondit à l'annonce. Il disait être un noyé local, élève de la marine nationale, décédé huit ans auparavant dans un accident de navigation lors d'une expédition. On crut d'abord à une farce, puis le phénomène se renouvela. Personne ne mit en doute cet aller et retour de lettres publiques qui défiait les lois fondamentales de la biologie et qui était suivi, d'émission en émission, comme un feuilleton.

Le spiritisme devint une mode. Des charlatans apparurent et des tables tournantes s'organisèrent. On découvrit cependant, quelques semaines plus tard, que l'auteur des réponses n'était pas un jeune noyé de la marine nationale, mais le speaker lui-même qui, ému par l'audace imaginative de la doctoresse Esmeralda Cadenas, avait pris la voix du défunt pour la séduire.

Serena Otero avait suivi cette affaire avec fascination. Pour combattre la monotonie de son quotidien, elle eut l'idée d'adresser elle aussi des messages à un inconnu. Bien que l'homme n'existât pas, sa confiance ingénue la porta à croire qu'elle pouvait le faire apparaître par la seule force des mots.

Quand s'installa le mois de novembre, elle prit le pseudonyme de Maria Dolores et, pendant plusieurs jours, écrivit au poste radiophonique une première annonce, pleine de ratures et de lyrisme, sans recevoir de réponse.

La semaine suivante, elle rédigea une deuxième annonce, plus emportée, puis une troisième, et au bout de cinq semaines, Serena Otero avait envoyé cinquante annonces passionnées où elle offrait les gouffres de son âme à un homme qui n'était probablement pas encore né.

Voyant que son message ne passait toujours pas, elle décida de le résumer en deux phrases :

Maria Dolores annonce qu'elle a noyé son cœur dans un tonneau de rhum. Récompense à qui viendra le boire.

La première fois que le speaker lut son annonce, la famille mangeait dans le salon. Serena fut si émue d'entendre ses propres mots dans le haut-parleur qu'elle pensa que l'homme lui apparaîtrait le soir même. Mais rien ne trahit son trouble. Aucun muscle de son visage ne frémit.

Comme son pseudonyme la rendait anonyme, ses parents ne se doutèrent pas de sa double identité. Elle n'attira pas l'attention sur elle, garda son habituel regard froid, mais dans le secret de sa jeunesse, elle goûta ce jour-là à cette jubilation puissante, clandestine et muette, qui est le privilège des adolescentes qui découvrent l'amour.

À partir de cet instant, elle écrivit chaque jour de nouvelles annonces, variant les formules, créant un langage codé entre elle et le monde extérieur. Bien qu'elle n'en reçût jamais, elle trouvait des joies béates, des audaces sereines dans cette absence de réponse. Elle s'ennuyait moins, attendant le soir avec une impatience maladive.

Pendant les dîners, elle mangeait avec plus d'appétit. Lorsque le père racontait sa journée, elle le coupait pour parler de la sienne. Elle s'émerveillait de choses normales, commentait des banalités. Dans son égoïsme de fille unique, elle ne s'inquiétait guère de savoir si ce changement d'humeur éveillerait des soupçons.

Quand on finissait le repas, elle était la première à se lever de table pour allumer la radio. Assise à la fenêtre, observant son reflet sur la vitre, elle entendait le speaker lire son annonce qui n'était adressée à personne d'autre qu'à elle et, devant le miroir de la nuit, rêvait d'un homme à son image.

Au bout de quelques mois, l'illusion qu'un bel inconnu s'assiérait un jour à sa table devint une certitude.

Serena l'imaginait grand, le cou large, le visage avenant. Prête à s'abandonner sans résistance aux élans virils de ce fantôme, elle lui cherchait un nombre infini de prénoms poétiques et projetait des scènes où il la prenait contre sa poitrine d'un geste violent et ferme, tous deux rendus à un acte primitif.

De sa main adolescente, elle transcrivait pendant des heures dans ses cahiers d'herbier, sentant le musc et la lavande, ce torrent de passions, de dévotions, de sensations dévorantes qui, depuis l'anonymat de sa chambre, montaient de toutes les radios de la vallée comme un appel désespéré.

Un soir, alors que la saison des pluies finissait, on entendit des pas sur le perron. Serena sentit son cœur cogner contre sa poitrine. Le père alla ouvrir, revint seul, mais derrière lui, dans l'encadrement de la porte, on vit tout à coup passer la silhouette de l'ancienne propriétaire, hésitante sous sa dentelle noire, qui traînait ses vieilles jambes jusqu'à l'habitation du fond.

C'était le 1er novembre. Un an était passé depuis la première annonce. Serena eut un froissement. Elle prit la tortue sur ses genoux et, jusqu'à neuf heures, resta courbée sur la table, passant et repassant la main sur cette carapace froide, le cœur écaillé d'ennui et d'abandon.

III

La deuxième semaine de décembre, une silhouette que personne ne connaissait entra dans le village avec l'accent de ceux qui habitent de l'autre côté du pays.

L'homme apportait de la ville ses bruits et ses rumeurs, ses nuages d'usine, sa fiévreuse modernité. Il avait un costume de lin blanc d'une impeccable tenue, des bottines à boutons qui remontaient jusqu'au mollet et un poncho rectangulaire, assez élégant, noué sur une épaule, sur lequel était brodé son nom au fil d'argent.

Il s'appelait Severo Bracamonte car, à cette époque, au lendemain des colonies, les gens portaient les noms des anciens gouverneurs. Il était arrivé par le chemin qui menait à la bâtisse principale, en suivant une haie de goyaviers.

C'était un jeune homme d'une vingtaine d'années, d'une peau délicate et d'un corps fragile. Fils d'un Blanc et d'une indigène, son visage était imberbe, son front serré, encadré d'une chevelure noire, et un regard pâle lui donnaient, lorsqu'il fronçait les sourcils, l'innocence sévère des jeunes voyageurs.

Il atteignit d'abord le moulin à sucre. Derrière la bâtisse, le père Otero était en train de charger des cannes sur une charrette. Severo Bracamonte lui proposa de l'aider en échange d'un verre de rhum. Il enleva son poncho, le pendit à une branche et se mit à l'ouvrage.

L'heure n'avait pas d'ombre, la chaleur était forte, le soleil mordait les nuques, mais les deux hommes ne faiblissaient pas. Ils transportèrent les cannes pendant plusieurs heures, échangeant des paroles simples, hâtant le pas pour profiter de la lumière.

Le soir tomba. Ils s'assirent à l'ombre d'un muret. Le père lui servit un verre de rhum, et le partage de ce verre établit entre eux un respect aussi sincère que le partage du pain. Ils parlèrent de l'écrasement des tiges pour le tafia, du moulin qui se dressait sur un échiquier de bambou et de la hauteur des palmiers, plantés sur un terrain en contrebas.

Les deux hommes se servirent un deuxième verre, discutèrent, burent, comme si la complicité du labeur les liait depuis longtemps, comme si le travail les unissait dans une même fraternité.

Huit heures sonnèrent. Le père le retint à dîner avec sa femme et sa fille. Dans la salle à manger, on pendit une lampe à une poutre. Candelaria Otero décapita une poule pour mitonner un pot-au-feu et fit cuire des brochettes de porc sur des arômes de bois sec. On se serra autour de la table.

Remarquant la place vide de Serena, sa mère l'appela plusieurs fois sans succès, puis dit calmement :

– Notre fille ne tardera pas.

Mais Serena se tenait déjà immobile dans l'embrasure de la porte et contemplait fixement l'invité.

Severo Bracamonte ne ressemblait pas à l'homme qu'elle avait imaginé. Un cou mince, des épaules inachevées, des lèvres sans couleur lui donnaient l'aspect d'un animal blessé. Elle hésitait à détailler ce corps frêle, à l'allure féminine, d'une grâce étrange et d'une lointaine faiblesse. Son visage portait des taches de soleil, brunes et granuleuses, dont les yeux, cernés très bas, avec de longs sourcils noirs, étaient moirés d'une matité sombre.

Elle comprit aussitôt que le monde avait ironiquement entendu son appel. Severo Bracamonte était laid. Toutefois, elle tenta de trouver dans les lignes de son visage quelque beauté cachée, un éclair d'intelligence, une malice furtive, mais dès ce premier jour, elle dut admettre que le destin lui préparait une épreuve difficile et que, pour aimer cet homme, il lui faudrait un courage humanitaire.

L'inconnu avait posé ses affaires près de la porte. Appuyé sur un coude, il examinait autour de lui les meubles anciens. On servit la soupe. Comme la famille n'avait pas l'habitude de recevoir, personne ne parlait. Un froid s'installa.

Severo comprit la situation. Il voulut plaire. Il raconta des histoires d'aventuriers et de pirates. Il était à l'aise dans la conversation, rapide dans la repartie. Il soignait ses paroles, pour ne rien brusquer, et disait les choses d'une voix pleine de dorures.

Il avait, disait-il, une extraordinaire lignée de frères, dont un *maracucho*, un marin utopiste de Libertalia, et même un maître d'ouvrage qui travaillait dans la restauration d'une église à Saint-Paul-du-Limon. Aussitôt, le père Otero lui demanda des nouvelles de la capitale, où il ne s'était pas rendu depuis trente ans.

— Trente ans ? répondit-il surpris. Les temps ont changé, monsieur Otero. Rendez-vous compte, on a nommé un évêque noir. On a construit un tramway. Et pourtant, tout est si cher.

— Ah, c'est partout pareil ! s'écria Ezequiel Otero.

— Il m'a fallu chercher fortune ailleurs, continua Severo. J'ai fait du chemin, si vous saviez… J'ai les semelles usées et la bourse vide. Mais dans un port lointain, il y a longtemps, mes yeux sont devenus tout jaunes quand ils ont vu ma première pépite d'or.

— Vous avez de l'or ? s'étonna le père Otero.

Severo Bracamonte dit que non, qu'il n'en avait pas sur lui, juste quelques grains d'ambre qu'un marchand de la mer Baltique lui avait offerts. Ce cadeau avait eu pour lui le même effet qu'une pierre précieuse trouvée dans la boue.

– L'avantage d'être pauvre, sourit-il, c'est qu'on peut toujours s'enrichir.

Il sortit de son sac des cordes, une vieille carte qui tombait en lambeaux et une petite boîte en fer-blanc qu'il ouvrit. Elle contenait de petits cailloux d'ambre, couleur de miel et au parfum de musc :

– Le jour, ça brille comme de l'or, dit-il savamment. Mais surtout, voici ce que le marchand m'a vendu.

Il fouilla encore dans son sac et posa sur la table un paquet de feuilles. Il expliqua qu'il y avait là vingt pages de documents, de vieilles lettres et du courrier en désordre au sujet d'un trésor. Des copies d'archives et beaucoup de croquis dessinés à la plume qui, selon lui, avaient été faits par des membres d'expéditions étrangères. Il continua :

– Toutes les informations sur le trésor perdu du capitaine Henry Morgan sont ici. Les repérages sont exacts. Il n'y a pas de légende sans preuve. Je dois vous l'avouer, señor Otero… je suis impatient de commencer mes fouilles, d'explorer la région, d'étudier mes cartes.

Sans attendre que la famille réagisse, Severo Bracamonte annonça qu'il était disposé à conclure un marché : si les Otero le laissaient loger chez eux, il leur remettrait une partie du butin.

Il dit qu'il n'abuserait pas de leur hospitalité, qu'il coucherait à l'écart et mangerait peu. Il ouvrait ses paupières, mettait sa main sur son cœur et assurait que, pour voir l'honnêteté de son âme, il suffisait de le regarder droit dans les yeux.

Ezequiel Otero fut impressionné par la tournure soudaine que prenait la conversation.

– Pourquoi un pirate cacherait-il des trésors si loin de la mer ? demanda-t-il avec une pointe de naïveté dans le ton.

Severo Bracamonte répondit d'un air d'évidence, en montrant les champs non cultivés par la fenêtre :

– Parce qu'on enterre un trésor là où le paysage ne changera pas.

De plus en plus étonné, le père Otero lui demanda ce que contenait le trésor. Alors Severo posa ses couverts, s'essuya la bouche avec sa serviette et poussa sa chaise pour avoir de la place.

– Je vous parle de milliers de pièces romaines et d'émeraudes grosses comme des poings fermés. Je vous parle de la « Flota de Oro » et des calices des églises de Lima. Je vous parle d'une vierge de deux mètres en or massif avec sept couronnes de diamants. Je vous parle...

Il retint une émotion. Des taches vives brûlaient ses joues. Il acheva sa phrase d'un geste, les bras grands ouverts, un geste vaste et somptueux que tout le monde avait accompagné du regard. Serena Otero était restée silencieuse.

Elle avait écouté son récit sans toucher à son assiette, sans battre un cil. Ses mains sous la table tenaient serrés ses genoux, elle regardait fixement Severo Bracamonte à l'autre bout.

En quelques minutes, il avait dressé un portrait accablant qui disait tout de lui. Ce n'était pas le bel inconnu qui avait écouté ses lettres à la radio, mais un homme aux désirs avares, cupides, un jouisseur qui vivait au hasard, sans discernement, mû par ses propres passions. Il ne voulait pas être aimé, il voulait être riche.

Serena se sentit étranglée, recroquevillée sur elle-même. Une colère montait sur son visage. Elle l'aurait attrapé par la gorge si sa bonne éducation ne l'avait retenue. Elle voulut calmer cette fièvre en se levant et en allant ouvrir la fenêtre. L'air puait l'engrais.

De retour à table, elle s'évertua à paraître normale, douce, et se força même à faire un compliment sur la soupe de sa mère. De son côté, Candelaria Otero mangeait en silence, allait et venait, ne laissant sur son passage qu'une vague odeur de raisins secs.

Le père trouvait l'histoire amusante. Il disait, « pourquoi pas », regardant Severo, le plus simplement du monde, en lui tapotant le dos en signe de bonté complice.

Ezequiel Otero, content de cette affaire qui ne lui coûtait rien, se tourna vers Serena pour lui demander si elle voyait un inconvénient à ce que ce « talentueux » chercheur d'or restât quelques jours avec eux.

Serena se leva d'un bond, ne parut pas étonnée et dit brusquement, avant de sortir de la pièce :

— Les trésors ne se trouvent pas avec du talent, père.

IV

La famille Otero permit à Severo Bracamonte
de dormir dans la cabane de l'arrière-cour. Le toit
était en voûte et le jour entrait par une seule fenêtre
aveuglée par un treillage de fleurs. À l'intérieur,
on avait entassé une vieille baignoire à pattes de
lion, des sacs de sable, des outils hors d'usage,
des boutons de porte et des perchoirs à oiseaux.

La pièce sentait l'ammoniac et la cage à poules.
Une chaise et un lit étaient éclairés par une lampe
à pétrole accrochée à un fil faiblement tendu entre
deux tiges de bois plantées dans la terre.

Une fois installé, Severo Bracamonte punaisa sur
un tableau de liège des articles découpés où il était
question de compagnies de prospection, de cartes
minières et de dessins d'orpailleurs. Il avait passé
sa jeunesse à collectionner tout ce qui évoquait un
trésor enfoui : des images d'anciennes expéditions,
des témoignages, des morceaux de parchemins, des
planisphères et même un journal de bord, écrit

de la main gauche par un chirurgien-pirate, qui donnait probablement des plans de cache dans une écriture codée.

C'est ainsi que Severo passa le premier mois enfermé dans sa retraite. Il ne voulait pas qu'on le dérange, comme un alchimiste devant son fourneau.

Il étudiait les aventures des Espagnols qui avaient monté des expéditions en quête d'un royaume plein d'or, de girofle et de cannelle, et rêvait à des animaux qui se nourrissaient d'opales et de rubis. Il croyait à la Guyane de Walter Raleigh, aux pierres précieuses des sables de Yuruari, à la fondation de San Francisco.

Dans le secret de sa quête, il célébrait la mémoire de tous ces hommes qui avaient marché en s'enfonçant dans le limon des fleuves, qui avaient pataugé dans les marais de l'arrière-pays et qui, le ventre creux, se blessaient la plante des pieds avec des têtes de diamants.

Avant de sortir, il quadrillait les zones à explorer et faisait des repérages qui indiquaient les galeries souterraines. Afin de laisser le moins de place possible aux errements inutiles, il vérifiait pendant des heures la précision de ses compas.

Seul dans sa cabane, il examinait à longueur de journée des plans d'îles, pestait contre les échelles anciennes aux minutes incertaines et, ignorant toute science, résolvait lui-même des équations plus exactes que celles des cartographes.

Au bout d'un mois, il partit en direction des fourrés. Des provisions de bouche alourdissaient son sac, une cafetière en fer-blanc, de la cassave en galette et un sachet de farine de manioc. D'une main, il tenait une tige en métal pour tester les rivières où il passait. De l'autre, une besace qui contenait des bougies, un couteau et des instruments de mesure. Sur son épaule droite, il faisait balancer une lourde pelle en bois.

Quand il atteignait une clairière, il inspectait les alentours et dressait des plans. Avec soin, il notait chaque endroit exploré sur une carte, en marquant des repères pour ne pas fouiller deux fois le même secteur. En guise de boussole, il possédait un petit cadran aimanté, acheté sur un vieux marché, qui indiquait la direction de la mer.

Le jour, il tapotait la terre, l'oreille collée au sol, pour entendre résonner un creux. La nuit, il suivait dans le ciel le chemin des étoiles et croyait voir des trésors quand des feux follets dansaient au-dessus des cavernes.

Très vite, il apprit à reconnaître les branches les plus solides autour desquelles il lançait une corde, pleine de boue sèche, pour pendre son hamac. Dans ses errances, il trouvait en abondance de l'eau douce pour sa gourde, mais aussi pour son feu des rondins amassés par les crues sur les rives.

Il en avait tant lu sur les pirates qu'il savait construire un boucan et cuire la viande à la fumée. Il se lavait dans les ruisseaux, dormait sur des sols pierreux, mangeant du pain sec, supportant ainsi une vie de forçat, sans se décourager, pour peu qu'elle le rapprochât de sa fortune.

Mais les semaines passant, il ne trouvait rien. La récompense méritée de ses mois de travail tardait à venir. Quand ses forces l'abandonnaient, les soirs de fatigue, il devenait son propre ennemi. Il fixait la ligne de l'horizon comme un pendu regarde sa corde. L'abattement et la lassitude étaient mêlés, confondus, comme les monnaies différentes d'un même trésor, et il rentrait dans sa cabane deux jours plus tard, les mains vides, les cheveux pleins de ronces, exhalant l'haleine des iguanes.

En dehors de ses randonnées, Severo Bracamonte usait respectueusement de l'hospitalité des Otero. Vers huit heures du matin, il arrosait avec la mère les herbes du potager et, vers huit heures du soir, il s'asseyait à l'ombre bleuissante du porche, fumant la pipe avec le père.

La famille le savait loin de chez lui, remarquait qu'il mangeait mal, qu'il dormait dans un poulailler. Elle lui laissait toujours un reste de soupe chaude, pour lui, à sa table.

Personne ne se plaignait de ce voisinage, hormis Serena Otero. La présence de Severo la gênait. Elle le vouvoyait avec une froideur distante, ne lui adressait jamais aucune amabilité. Severo était bavard et, à table, plaisantait sur son ignorance des choses de la ferme. Sans desserrer les lèvres,

Serena demeurait le visage fermé. Pendant le temps du repas, sous la clarté de la lampe, un abîme s'ouvrait entre eux.

Elle lui reprochait de ne pas être celui qu'elle avait attendu. Elle l'avait rêvé comme une illusion, comme un objet de désir, alors qu'il n'était qu'un homme. Elle se serait moquée, un an auparavant, si on lui avait dit que l'inconnu ne chercherait pas l'amour mais l'or.

Aujourd'hui, si elle avait l'air revêche, grave, la bouche pincée, ce n'était pas de l'indifférence à son égard, mais parce que Severo prenait une place maladive dans ses pensées. Elle éprouvait un malaise quand il entrait dans la salle à manger, des doutes l'envahissaient. Elle s'abandonnait à mille questions, à des réponses hasardeuses, à des émotions contraires, et la silhouette frêle de ce chercheur d'or s'imposait malgré elle, dans l'ordre immuable de ses journées.

En octobre, elle perdit patience. Voyant qu'il ne trouvait aucun trésor depuis des mois, elle annonça un jour à son père que si Severo revenait toujours les mains vides, il faudrait songer à s'en débarrasser.

Lors d'un dîner tendu, elle lui fixa elle-même la date de son départ, l'accord fut passé, et ce soir-là, dans sa cabane, avant de s'endormir, Severo Bracamonte pria Dieu de trouver au fond de son rêve une pièce d'or qui le sauverait.

Le lendemain, aux premières lueurs de l'aube, il prit une bêche, une corde qu'il s'enroula autour de la poitrine, et descendit la pente qui menait jusqu'à la rivière. Pendant deux heures de marche, il s'enfonça dans les bois. Il contourna une vallée accidentée, découpée dans une assise de calcaire, qui remontait vers des hauteurs blanches de lumière.

Au pied d'une colline, endiguée de roches, l'entrée d'une grotte disparaissait sous un roncier tentaculaire.

Severo se fraya un passage mais, alors qu'il s'engageait dans la pénombre, il sentit sous ses pieds la terre meurtrie. Il reconnut aussitôt des coups de pioche d'anciens chercheurs d'or. Après quelques pas, il distingua sur le sol boueux des empreintes de chaussures. Il commença à creuser, jugeant l'emplacement pertinent selon ses calculs, et le son de sa pioche résonna comme une voix dans la gorge de la caverne.

Il bêchait toujours, lorsque quelque chose de dur arrêta son geste.

Severo redoubla ses coups et, tout à coup, un morceau de peau blanche apparut à ses pieds. Il balaya la couche de terre qui cachait sa découverte et vit pointer, sous ses yeux, ce qui semblait être le sein d'une femme.

Severo se jeta à genoux, creusa à mains nues, lançant la terre entre ses jambes comme un chien affolé. Il lui fallut une demi-heure pour voir surgir, au milieu de la fange, le corps d'une femme allongée, grande de sept pieds, qui dormait au fond de la clairière comme un noyé au fond d'un lac.

Severo se signa. Il se mit à l'ouvrage, balayant les coins, retirant la terre autour. Quand enfin il parvint à hisser la femme, d'abord avec les bras, puis en se servant de sa pioche comme levier, il découvrit que c'était une statue romaine, enfouie là depuis des siècles, qui représentait Diane chasseresse, taillée dans un marbre italien, d'une délicatesse antique.

La statue avait une coiffure raffinée pour l'époque, avec deux mèches au front, la taille élégante et les seins haut placés. La tête penchait sur le côté avec un air de chaste nostalgie. Des rinceaux de vigne entouraient ses pieds en souples arabesques. La tunique, dont les plis du drapé n'avaient pas d'éraflures, était retroussée jusqu'aux genoux pour faciliter la course. La main gauche, la paume fermée, tenait en son poing un arc dont la moitié avait disparu et qui ressemblait à une corne de buffle.

La statue portait cependant la marque des années passées sous la terre. Au cou, elle avait des cassures profondes, des taches de boue, la blancheur du marbre était ternie. La main droite n'avait plus de doigts et le nez était fêlé.

Or, son visage n'exprimait pas l'impassibilité et la sévérité de l'abandon, mais plutôt la bienveillance et l'affabilité, une humanité qui n'était peut-être si proche de la nature que parce qu'elle avait subi, pendant si longtemps, la froideur et la solitude des souterrains.

Au soir, lorsque Severo revint à la maison, il tirait par-dessus son épaule, grâce à une corde de navire, la statue qu'il installa à la porte d'entrée.

Le père Otero sortit, en se tenant la tête entre les mains, fasciné par cette trouvaille, convaincu d'être en présence d'une apparition divine. Il entonna l'hymne *Ave Maris Stella* qui fut accompagné par la mère dont les yeux brillaient comme devant une vierge.

Face à ce cadeau du ciel, elle voulut se couper les cheveux le soir même avec des ciseaux en argent, pour en coiffer la statue, mais Severo lui rappela que la mythologie grecque n'avait pas de rapport avec la Bible.

Fier de lui, il dit qu'il ne s'agissait là que d'une première offrande pour leur hospitalité, qu'il y en aurait beaucoup plus, que la région était pleine de surprises, et conclut, avec la certitude de ceux que la nature récompense :

— C'est connu, toute statue a son trésor.

V

Pendant cinquante ans, cette statue de marbre se dressa à l'entrée de la maison, livrée aux pluies et à la moiteur des saisons tropicales, le front sur l'oubli, avec ce mystère qu'ont les choses trouvées sans les avoir cherchées.

Plus que jamais, Severo Bracamonte se convainquit que son bonheur gisait à deux mètres sous terre, dans un coffre fermé par douze clous de quatre pouces. Il en remercia Dieu, le dimanche suivant, dans l'arrière-cour de l'église où il n'avait pas voulu prier, alors que toute la famille Otero recevait les sacrements sous le faux or des voûtes.

Il sentit que rien n'aurait pu le détourner de son entreprise sublime et que même les défaites de ses prédécesseurs, qui avaient quitté le monde aussi pauvres qu'ils y étaient entrés, nourriraient sa légende.

Il comprit que cette profession de chercheur d'or demandait autant d'audace que de calcul, une activité routinière faite de partages et d'enquêtes collectives. Il commença à questionner les paysans, cherchant la vérité historique dans la sagesse populaire.

Il frappait à toutes les portes, s'asseyait à toutes les tables. Dès qu'un indice le renseignait, il en faisait un objet d'étude. Tout lui était récit. Infatigable, les yeux vifs de curiosité, il recoupait les témoignages, se souvenait des prénoms des bergers, associait les souvenirs, comparait les lettres. Chez les gens, il avait accès à des documents de famille, ouvrait avec leur permission de vieux registres et des albums jaunis.

C'est ainsi qu'avec un mélange de rigueur et d'effervescence, d'enthousiasme et de patience, de foi et de raison, il finit par rencontrer tous les habitants du village et par se faire un nom.

Un soir, le poste TSF apprit à Severo Bracamonte qu'un ingénieur anglais avait inventé un instrument avec lequel on pouvait localiser des métaux enfouis sous terre. On l'avait utilisé soit pour le déminage à la fin de la Première Guerre mondiale, soit pour sonder des balles logées dans le corps des soldats.

Severo fit ainsi venir de la capitale un détecteur de métaux, tout neuf, qu'il avait acheté par correspondance à des outilleurs de la capitale.

Cet appareil moderne arriva dans ce paysage archaïque au fond d'une pirogue, sur le ponton d'amarrage du fleuve, où des oiseaux fabuleux étaient vendus dans des cages. Il avait traversé des villages sur pilotis, des rivières où des enfants se baignaient avec vacarme, voyagé pendant plusieurs jours en char à bœufs, défiant les douanes, longeant les bananeraies et les élevages de perroquets.

Le détecteur pesait près de quinze kilos. Équipé de batteries sèches et de vieux écouteurs, on devait le tenir à deux mains pour le lever. Il émettait un son faible quand il localisait un objet métallique qui s'intensifiait lorsqu'il s'en approchait, si bien que les premiers jours Severo déterra avec facilité des dés à coudre, des médailles en plomb et une clé de robinet.

Cependant, le sol huileux et la végétation serrée rendaient difficile l'emploi d'un instrument aussi sophistiqué. Mais Severo n'abandonnait pas, s'absentant jusqu'à minuit, battant la campagne sur des dizaines de kilomètres, ivre d'espoir et de fortune, confiant dans les résultats miraculeux du progrès.

Profitant d'une de ses expéditions, Serena vint un jour contempler la statue de Diane. Sans le paraître, elle tomba sous le charme de cette femme de marbre qui veillait à l'entrée de la maison. Elle examina avec détail chacune de ses cassures, étudia le beau grain de sa pierre, passa son doigt dans son drapé.

La posture de cette Diane évoquait celle des femmes dignes, puissantes et souveraines, qui se sont affirmées durant des siècles et dont les voix savent se faire entendre au-delà des profondeurs où elles ont été ensevelies.

Pour la première fois, elle pensa à Severo sans adversité ni fierté, et voyant cette Diane devant elle, elle se dit dans un mélange d'admiration et de détachement que seul un poète pouvait ranimer une merveille pareille.

Car elle aussi connaissait les pièges de la forêt. Elle aussi savait à quel point la terre est avare. Elle aussi fouillait les bois à la recherche d'un trésor végétal dont les fatigues valaient bien celles que Severo Bracamonte endurait pour trouver le sien.

Tous les matins, armée d'une pelle et d'une serpette, elle marchait à travers les champs, coupant les bulbes, pressant les feuilles entre ses doigts, en herboriste sérieuse et disciplinée. Elle portait dans une besace assez lourde un arrosoir, trois caissettes pour ranger des plantes, vingt feuilles de papier et une planche de sapin, jusqu'aux clairières où fleurissaient des pivoines, des camélias, des cactus et des héliotropes.

Elle faisait le croquis des icaquiers et des pépins de corossol. Dès qu'elle trouvait de l'ombre, elle ouvrait son cahier et, assise en tailleur, classait sa récolte dans un ordre qu'elle seule comprenait. Sur chaque dessin, elle collait une étiquette où étaient inscrits des noms savants, qu'elle inventait, la date et le lieu des découvertes, la longueur des tiges, la couleur exacte de la fleur, et renommait ainsi une nature qui la précédait depuis des millions d'années.

Au crépuscule, elle rentrait dans sa chambre à la hâte, chargée comme une abeille. Elle étirait ses feuilles et les mettait sous presse. Pour conserver vivants les germes, elle les mêlait avec de l'engrais et les glissait dans un flacon qu'elle bouchait avec du mastic. Elle ensachait les graines, empotait les jeunes plants, puis, à la lumière d'une chandelle, réalisait des croquis au crayon rehaussé de gouache.

Là, au milieu de ses herbiers, de tous ces noms de plantes, elle se sentait dissoudre comme du sucre dans de l'eau, fondant avec ce qui l'entourait, absorbée dans l'osmose longue et sereine de l'écriture.

Un soir, Severo Bracamonte aperçut Serena aux alentours de la cabane. Il se demanda si sa présence insolite ne dissimulait pas le désir secret d'une amitié, et cette idée alluma dans son cœur des flambeaux qu'il n'avait pas envisagés.

Comme la mise au jour de la statue lui avait donné de l'assurance, sans peur d'être repoussé, il sortit et lui dit :

– Je connais la science, tu connais le terrain. Aidons-nous.

Serena l'observa amusée et répondit, sans forcer sa voix :

– Vous ne connaissez pas la science.

Severo ne la contredit pas :

– Mais toi, tu connais le terrain.

Il l'invita à entrer, elle refusa. Alors, il lui pria d'attendre dehors, entra pour chercher quelque chose et revint avec un carton dans les bras.

Pour les plantes et les fleurs de Serena, Severo avait construit deux caisses en bois vitrées, protégées par un grillage de laiton, qui par condensation gardait la terre humide.

– Tu vois, dit-il, je connais la science.

Il l'invita une nouvelle fois à entrer, elle accepta de ne rester qu'une minute.

La cabane était mal éclairée. Le plan de la région occupait une partie du mur. Il était couvert de flèches, de numéros, de signes incompréhensibles. Serena demanda ce que représentaient ces indications.

– C'est ce qui doit me conduire jusqu'au trésor, expliqua Severo, content de l'effet qu'il provoquait.

Il avait un sourire d'intime satisfaction et une sorte de malice. S'asseyant face à elle, il voulut se rendre intéressant :

– Tu vois le cercle rouge ? C'est ta maison. Tu vois les espaces verts ? C'est la forêt. La ligne bleue ? C'est le fleuve. Le reste, les taches, les points, les drapeaux, tout ça, c'est la possibilité d'un trésor.

Serena approcha son visage du mur pour essayer de comprendre l'orientation de la carte. Elle trouva aussitôt que la forêt ne ressemblait pas à l'idée qu'elle s'en était faite. Les fleurs n'y figuraient pas, les couleurs ne correspondaient pas à celles qu'elle avait vues toute son enfance et le fleuve, imprécis, d'un bleu infidèle, s'étendait trop loin dans la plaine.

— Où avez-vous trouvé la statue ?

Severo mit un doigt sur une étoile rouge entre le fleuve et la lisière de la forêt. Serena s'approcha, fit des mesures avec le pouce et l'index, contempla longtemps la carte et déclara :

— Alors vous êtes passé devant le trésor et vous ne l'avez pas vu.

Severo se redressa, la fixant. Serena rit. Elle eut le plaisir presque pervers de voir qu'en quelques mots, elle avait repris l'avantage de la conversation.

Comme il restait immobile, paralysé, elle se leva avec confiance et quelque chose d'enfantin, fugacement, l'agita :

— Suivez-moi, dit-elle.

Elle sortit de la cabane et le mena vers la forêt à grands pas.

Ils prirent par un chemin qu'elle semblait bien connaître pour l'avoir souvent emprunté. Le soir était déjà tombé. Ils marchèrent vers la rivière, piétinant à la hâte des tas de feuilles engluées de fange, pénétrant les sous-bois. Ils remontèrent une butte, enjambèrent un ruisseau, les vêtements maculés de terre.

Severo suivait Serena péniblement. Ils arrivèrent sur un plateau, et Severo, essoufflé derrière elle, chercha des yeux le miroitement doré du trésor, l'éclat des diamants, comptant les repères sous la lune pour être certain de retrouver l'endroit le lendemain, mais il n'y avait ni reflet ni réverbération autour de lui.

Au milieu d'une clairière, une lumière pâle éclairait un arbre géant dont le tronc était couvert de fleurs.

– C'est l'arbre le plus vieux de la région, dit Serena. Le seul véritable trésor de la forêt.

Severo Bracamonte contempla les fleurs qui tombaient en cascade, l'écorce puissante, les branches qui montaient vers le ciel. L'arbre se tenait devant eux comme un homme debout. Son tronc était si large qu'ils n'auraient pu l'embrasser en l'entourant de leurs bras.

Face à cette découverte, Severo fut déçu, presque contrarié, mais comme l'intérêt que portait Serena à la botanique l'invitait au lyrisme, il voulut se donner de l'importance.

Il prononça quelques paroles champêtres qui ressemblaient à de la poésie. Serena fut touchée par sa délicatesse de ton.

Oubliant l'arbre, Severo insista sur le bonheur que lui procurait sa présence féminine dans la ferme et il s'exprima avec tant de gratitude, avec tant d'élégance, qu'elle se sentit rougir et s'exclama avec de la douceur dans la voix :

– N'hésite pas à me prévenir quand tu feras des fouilles.

À partir de cet instant, une intimité s'établit entre eux. Serena revint à la cabane le lendemain, et les jours suivants, ouvrant la porte sans frapper, attentive aux petits rituels qui s'installèrent entre eux.

Elle apportait des noisettes brûlées, des gâteaux au citron, des plats de bananes frites en rondelles, des sucreries que Candelaria Otero inventait dans sa cuisine.

Severo Bracamonte la recevait pauvrement, mais avec l'enthousiasme d'un homme riche. Devant elle, il se levait, allait et venait, lui montrait des dessins, résumait des livres, la questionnait et répondait en même temps.

Il lui raconta une fois comment l'Olonnais avait pillé la ville de Maracaibo, dont les greniers étaient remplis de gemmes, et comment la fête des boucaniers avait duré deux semaines. Il dit qu'il avait navigué dans la mer des Sargasses, au-dessus d'un célèbre cimetière de navires pleins de coffres d'or. Il n'hésitait pas, comme un rêveur ou un poète, pour l'impressionner, à lui raconter des histoires qu'il n'avait pas vécues. Il assura même, sans aucune pudeur, qu'il savait calculer les longitudes sans chronomètre, rapportant un bord de lune à une étoile fixe.

Certain d'avoir un avenir glorieux, il voyait partout des signes prophétiques.

– Regarde ma main gauche... disait-il en levant le bras. Regarde comme elle me démange depuis des jours. Tout le monde sait que c'est un présage de fortune.

Les circonstances les façonnèrent l'un pour l'autre. Rapidement, ils s'enfonçaient ensemble dans la forêt et chacun se mit en chasse dans l'urgence de sa quête. Comme deux alchimistes, l'un portant l'équerre, l'autre le compas, ils traversaient le gué des rivières, escaladaient le versant des collines. Ils marchaient côte à côte, bras dessus, bras dessous, pleins d'un espoir innocent, comme au premier jour de la création.

Ils étaient persuadés que tôt ou tard leurs efforts seraient récompensés par l'apparition d'une plante inconnue ou d'un coffre rouillé. En même temps que Severo essayait d'interpréter les sifflements de son détecteur, Serena cherchait à lire dans les grimoires de la végétation.

Si Serena devait inventer un nom pour une nouvelle variété de fleurs, Severo lui proposait ceux des corsaires et des flibustiers. Si Severo découvrait des coquillages en chemin, Serena lui expliquait qu'ils portaient bonheur quand on les trouvait loin de la plage.

Parfois, ils restaient ensemble dans les bois, attendant le soir, pour éviter le plein soleil de l'après-midi. Severo choisissait un endroit confortable, assis par terre, déboutonnait ses bottines et nettoyait son détecteur.

Serena, la robe froissée, s'abritant sous une ombrelle de satin, les jambes croisées sur une pierre, le menton haut, reine en son territoire, l'écoutait se fâcher contre les marchands clandestins qui falsifiaient l'or en y ajoutant de la limaille de cuivre.

– Moi, je ne veux tromper personne, Serena. À force de creuser, je finirai bien par trouver le trésor de Henry Morgan. Je n'ai pas traversé tout le pays pour déterrer une légende.

Serena souriait. Au contraire, pour elle, leurs sorties étaient fructueuses. Elle ne revenait jamais les mains vides à la maison.

Ici, c'était une fleur. Là, un insecte rare. Elle lui montrait comment elle attrapait les papillons cachés dans les capucines, comment elle préparait des marmelades avec des feuilles de calebassier, et sa façon d'interpréter la science des astres.

De temps en temps, elle disait en embrassant la campagne :

– Tu te rends compte, d'ici viennent les orchidées pour les jardins des rois.

Et Severo répondait, rêvant devant l'horizon :

– D'ici vient l'or pour les voûtes des cathédrales.

Ils passèrent ainsi de la jalouse solitude à la confiante camaraderie. Pendant les mois qui suivirent, ils se taillèrent l'un à l'autre.

Un jour, alors qu'ils rentraient par l'autre rive, Severo voulut prendre la main de Serena dans la sienne. Elle se déroba, en silence, mais leurs doigts se frôlèrent et l'émotion les fit sursauter tous deux.

Ils furent interrompus par le détecteur qui émit un son faible, puis fort et continu. L'aiguille du potentiomètre fit des mouvements brusques, inhabituels.

Severo mit ses écouteurs, avança d'un mètre, puis deux, ivre d'espoir, et soudain, suivant le son, à la hâte, il se trouva devant l'arbre géant qui avait marqué le jour de leur première promenade.

Mille fleurs brillaient sur son tronc. L'arbre lui parut plus petit qu'il ne l'était réellement, plus fragile. De gros nuages noirs se formaient dans le ciel. Un vent frais venait de l'intérieur du pays.

Severo Bracamonte sortit sa pioche et, se tournant vers Serena :

– Il y a un objet métallique sous l'arbre, dit-il sur un ton de triomphe.

Serena Otero s'immobilisa. Elle planta sur lui un regard effrayé.

– Ce serait un crime, s'écria-t-elle.

Severo eut de tendres protestations. Il faisait le tour du tronc, tendait son détecteur, concentré sur ses écouteurs. Il essaya négligemment de calmer Serena.

– Avec ce que nous trouverons en dessous, nous pourrons en planter mille autres.

Elle ne répondit pas. Une colère l'envahit. Elle fit quelques pas en avant jusqu'à toucher l'écorce et, comme on protège un enfant, se retourna en s'interposant entre Severo et le tronc.

— Si tu déracines cet arbre, dit-elle en posant un doigt sur son cœur, que ton premier coup de pioche frappe ici.

Ce fut dit d'une telle façon que Severo Bracamonte lâcha son détecteur. Il souffla au lieu de répondre, donna un coup de pied dans une grosse pierre.

Ne sachant comment réagir, il parla de son destin, de sa passion, rappelant qu'il était un chercheur d'or et que, comme tout chercheur d'or, il ne serait un homme que lorsqu'il aurait sorti un trésor du fond de la terre.

Serena le fixa longtemps, sans ciller, et lui répondit avec une sagesse orgueilleuse qui n'était pas de son âge :

— Imbécile. Tu seras un homme quand tu sortiras un trésor du fond de mes yeux.

Ce mot blessa Severo, au lieu de le flatter. À cet instant, il pensa que Serena voulait le détourner de son objectif. Il se fâcha en silence, mais fit un effort pour ne rien laisser paraître.

Une tempête éclata. Il ne toucha pas à l'arbre et partit se réfugier dans sa cabane. Cette nuit-là, il plut tellement que Severo eut l'impression d'une hémorragie dans son cœur.

VI

Le lendemain, lorsque Severo Bracamonte se leva en pensant à Serena, il ne parvint pas à chasser de son esprit la phrase qu'elle lui avait dite.

Au fond, il avait aimé cette franchise, qui lui était étrangère. Ce n'était pas une révélation fracassante, des cris poussés au ciel, c'était une découverte qui ne faisait pas de bruit, qui avait le tremblement des feuilles, comme un printemps à l'intérieur de lui. Gagné par ce souvenir, il se risqua à accepter sans résistance que quelque chose de nouveau s'emparât peu à peu de ses sentiments.

À partir de cet instant, la chasse au trésor n'eut plus le trésor pour objet. Ses nombreuses recherches se changèrent en autant de prétextes pour rester dans la ferme. Il quittait l'époque silencieuse des excavations, des nuits solitaires dans la forêt.

Leurs promenades à deux lui avaient aiguisé des appétits dont il ignorait la puissance, et, petit à petit, l'obsession avec laquelle il avait passionnément fouillé la région ne devint plus qu'un moyen de s'emparer du cœur de Serena.

Il trouva soudain des beautés naturelles dans les contours de son visage, autrefois si ordinaire à ses yeux. Il voulut connaître les péchés de son enfance, les draps où elle avait dormi, les robes qu'elle avait portées. Il souhaita même avoir un accident, pour attirer son attention. Il désira être malade, pour qu'elle s'inquiétât de sa santé.

Mais en voyant Severo attrapé à son jeu, Serena prenait un goût cruel à rester mystérieuse. Elle le fit attendre, par ignorance, par fierté, par peur. Quand Severo évoquait le moment de leur première rencontre, elle lui répliquait allusivement avec distance et froideur. Un soir, il vint lui offrir une perdrix qu'il avait prise au piège, mais elle lui expliqua qu'un oiseau dans une cage portait malheur.

Peu à peu, Serena s'entêta dans sa réserve. Elle semblait toujours plus indifférente, plus secrète. Elle se moquait en silence quand il évoquait ses après-midi à la rivière, les soirées où il parlait de l'épopée des chercheurs d'or, les mains frôlées sous les goyaviers.

Elle fuyait ses avances comme une plante l'excès de lumière. De sorte que le jour où Severo lui demanda avec un certain embarras, le visage écarlate, les raisons de son attitude, faisant une allusion à ses jeunes sentiments, elle répondit avec son calme habituel :

— Si ce sont des roses, elles fleuriront.

Ce fut à cette époque que Serena Otero quitta l'enfance. Elle entrait en âge d'écouter entre deux portes les histoires des femmes de cuisine qui racontaient leurs hommes en détail. Il était question de membres dressés, de respirations haletantes, de rencontres imprévues dans les champs, de passions qui naissaient là où elles mouraient. Parfois, des mariages étaient célébrés tout juste neuf mois avant la naissance d'un enfant.

Un halo de lumière baignait ces confidences et Serena se découvrait des envies qu'elle ignorait jusque-là.

Aux derniers jours d'octobre, un sentiment brusque l'agita. Elle éprouva le besoin brûlant de voir Severo. C'était l'homme qu'elle connaissait le mieux et le seul à qui elle avait dit, sans avoir à chercher ses mots, ce qu'elle avait toujours tu à ses parents. La chaleur ambiante, les années d'attente, les égards qu'il lui témoignait, tout provoquait en elle un étrange envoûtement, et, en pensant à lui tout le jour, elle le trouva soudain plus viril dans ses rêves.

La veille du 1er novembre, elle vint le retrouver au moulin. L'après-midi était rouge. Severo travaillait seul au pressoir, entouré de grandes roues, arrosant la bagasse avec de l'eau, jetant des cannes dans un cylindre.

Il remuait la mélasse dans des récipients en cuivre, quand il vit entrer Serena, les cheveux détachés. Elle ferma aussitôt la porte derrière elle, ralentit ses gestes et, feignant l'oisiveté, dit :

– Il y a longtemps que nous n'avons pas marché ensemble.

L'émotion troubla Severo. Comme il ne répondait rien, elle ajouta :

– C'est dommage !

Elle tournait autour de la machine. Severo, désarçonné, essayait de deviner ses intentions dans ses gestes, attentif à ne pas commettre une imprudence. Il lui demanda si elle voulait se promener le soir même.

– Pas ce soir, s'écria-t-elle.

Puis elle sourit et, avec un air caressant, murmura :

– Nous sommes bien ici.

Elle ne portait pas de bas de soie sous sa robe, comme au premier jour de leur rencontre. Il y avait dans l'air l'odeur des presses. Des bougies étaient disposées en désordre sur les étagères. Le sucre ruisselait sur le sol de terre, couvert d'herbes sèches.

Elle lui saisit la main, et Severo, étonné, ne la retira pas. Il n'y eut pas de paroles échangées. Ils se tenaient l'un face à l'autre, près de se toucher, leurs bouches entrouvertes, les pupilles dilatées.

Tout à coup, Serena recula et se déshabilla sans le quitter des yeux. Son regard était mêlé de désir et de peur. Quand elle fut entièrement nue, elle cacha sa vergogne d'une main et un bouquet de poils en éventail ferma ses jambes comme un sourire.

Des reflets immobiles couraient sur sa peau comme des perles sur du satin blanc. Ses seins étaient d'albâtre, pareils à ceux de la statue de Diane. D'un geste coquet, elle fit un tour sur elle-même, devant le miroir de ses yeux, et après rougit de l'avoir fait.

Severo eut un tremblement nerveux. Il observa bouche bée sa première femme nue, le regard hypnotisé, sans savoir comment réagir. Du mystère des femmes, il ignorait tout, mais avec courage et détermination, il approcha son visage du sien et l'embrassa.

Son baiser prit une couleur d'or et de miel. À son parfum, il reconnut les notes vanillées de l'ananas, ses lèvres exhalant des fraîcheurs herbacées et des saveurs d'agave, comme une longue traînée de braise, et la chaleur de celles qui ont une flamme à la place du cœur.

Dans un désordre d'émotions, Severo s'emporta autant qu'il douta. Il essayait d'avoir des manières douces, de délicates impulsions, mais il entendait le cœur de Serena cogner dans sa poitrine et sa ferveur le faisait s'emballer.

Cette peau vierge brûlait la sienne. La tiédeur de sa nuque répandait une odeur suave de noisette. Tous ces mois de complicité, de quêtes à deux, de confidences sous le couvert des bois, avaient fait naître en lui des envies fauves. À présent, elle était là devant lui, rendue au suc de son corps.

Serena, comme possédée, ne parvenait pas à contrôler ses mouvements. Une explosion des sens provoquait en elle des soubresauts, des spasmes, des gémissements de plaisir. Elle mordait, griffait, s'évanouissait. Elle retenait des cris, repoussait Severo d'un geste violent, puis involontairement ses bras l'attiraient vers elle.

Son odeur l'excitait encore plus que ses caresses. Severo prenait ses maladresses pour des audaces et lui donnait le plaisir qu'elle se refusait à elle-même. Elle n'eut jamais autant mal entre les jambes et oublia longtemps cette douleur, jusqu'au jour où bien plus tard les flammes ravagèrent le champ de cannes à sucre près de la ferme et qu'elle ressentit, sans la comprendre, une même brûlure dans son ventre.

Ils restèrent tous deux haletants sur le sol terreux. Severo se releva sur un coude et regarda Serena comme il ne l'avait jamais fait. En la détaillant, délacée, un pan d'étoffe cachant sa poitrine, elle était si parfaite qu'il aurait voulu qu'elle fût en marbre pour que le temps ne passât pas sur sa peau.

Il sentit qu'il pourrait tout lui dire sans avoir à prononcer un mot. À cet instant, Severo Bracamonte, nu dans le moulin, au milieu du parfum étourdissant des vieux tonneaux, eut l'impression que cette femme avait inventé l'amour.

Cette première après-midi fut suivie d'une sieste interminable où il rêva du capitaine Henry Morgan. Elle se renouvela pendant vingt ans, toujours à la même heure avec une exactitude britannique, et il ne se lassa jamais d'invoquer des corsaires et des naufrages héroïques.

Il ne ronflait pas. En revanche, il émettait un triste craquement d'épave qui donnait parfois à Serena, de l'autre bord du lit, une impression de sel et d'embruns.

Depuis ce jour où ils s'offrirent la joie douloureuse du passage, pendant dix ans, Severo Bracamonte n'imagina pas qu'il y eût au monde un homme plus enviable que lui et comprit peut-être, dans ses plus téméraires réflexions, que son trésor avait toujours été où son imagination n'avait jamais cherché.

Il se sentit si bien au sein de la famille qu'il répara dès le lendemain le toit moisi de la cabane. Il installa une banne au-dessus du foyer et coupa du bois de cannelle qui, selon lui, retenait mieux le clou que celui de noyer. Il eut même l'idée de faire du *tablopan*, un bois bâtard fabriqué à base de cannes broyées, et tout le monde applaudit cette initiative écologique.

Le père Otero l'engagea comme apprenti. Il lui enseigna l'art de la récolte. Bien qu'il ne fût pas fort, sa volonté irréductible et sa ferveur amoureuse lui donnaient de l'élan. Le travail commençait au lever du jour. Il tranchait la canne le plus bas possible, la nettoyait de ses feuilles, puis la mettait en botte. Les larves creusaient parfois des galeries dans les tiges, et il fallait les jeter aussitôt.

Severo taillait sans lever le nez, le dos arrondi par l'effort, et pouvait se vanter de reconnaître une canne à couper rien qu'à son odeur. À grands

71

coups de machette, il fendait, sectionnait, entassait, et quand il repartait vers le moulin, il laissait le champ comme après une tempête.

C'était encore l'époque des cultures sur brûlis. On brûlait les champs pour chasser le serpent et se débarrasser des feuilles, ce qui donnait aux premières cuvées un goût de canne brûlée qui les rendaient uniques dans la région.

Le père lui expliqua les divers systèmes de coupe. Il lui montra comment construire un foyer, craquer une allumette en embrasant un morceau d'écorce, alimenter la flamme avec des herbes sèches afin que le feu ne prenne qu'aux parcelles protégées.

-- La canne à sucre, c'est comme l'espoir, disait le père Otero. Il faut la brûler pour qu'elle repousse avec plus de force.

Tout le village se pressait pour assister au spectacle des incendies. En levant le regard vers le ciel, on voyait les fumées rousses des autres fermes, s'élevant en tourbillons, qui montaient pour annoncer une récolte qui s'achève et une autre qui commence.

Les paysans en profitaient pour venir y jeter au feu des tables et des chaises boiteuses, des roues de charrette cassées. Le linge étendu sur les branches des arbres, en plein vent, se tachait d'escarbilles comme des grains de poivre, et la mélasse coulait pleine de cendre.

Severo Bracamonte comprit qu'il aimait la terre plus que l'or. Par les fortes pluies, le chemin s'inondait et se couvrait de boue. Il fallait alors doubler les attelages pour pouvoir tirer les chariots qui étaient encore attachés à des mules. Severo creusa une canalisation pour rejeter les eaux et construire une voie praticable.

Il emportait partout ses outils avec lui. Quand il n'y avait plus d'huile pour les lampes, avec de la graisse de noix de coco qu'il pressait lui-même, il enduisait les mèches. Il surveilla la fabrication de la mélasse avec le même zèle qu'il avait mis dans sa chasse au trésor, si bien que l'on ne trouvait pas un brin de paille dans le jus extrait de la canne.

Il sut bientôt utiliser le résidu de ses cuves, les écumes qui tombaient en dehors, les fonds couleur miel pour obtenir une distillation primitive d'alcool de canne.

Il voulut faire du rhum. Il construisit un alambic avec une cocotte-minute, des seaux en plastique, un serpentin en cuivre. Il s'amusait à assembler lentement les pièces de l'appareil, étudiant les systèmes de condensation et de reflux.

Il prenait un plaisir enfantin à observer les vapeurs d'alcool s'élever jusqu'au bec de l'alambic, puis passer dans le serpentin plongé dans un tonneau d'eau froide, récupérant de cette façon une eau-de-vie imbuvable, assez médiocre, au goût râpeux, qu'il présentait comme une boisson orientale.

Bien que la famille fît à cheval le chemin pour aller jusqu'au village, c'est à pied que, le dimanche, elle allait à l'église pour assister à la messe. La mère cachait ses cheveux sous une large mante et Serena se couvrait les épaules avec un boléro en dentelle.

Par gratitude envers eux, Severo fréquentait les chapelles. Il les accompagnait avec une bonté sincère et, pendant le sacrement, tandis que le prêtre récitait ses prières, assis au fond, près du bénitier, il comparait les vierges de plâtre à l'image de Serena, convaincu que cette fusion mystique l'avait attendu là depuis sa naissance.

Ce furent des années de bonheur pour elle aussi. Serena Otero faisait pendre des pots de fleurs partout dans la maison, mettait de la musique, changeait la couleur des rideaux pour laisser entrer la lumière. Elle s'accrochait des cerises en pendants d'oreilles et laissait le soleil dorer ses épaules.

Loin des regards, elle donnait à Severo des rendez-vous dans la forêt. Elle se roulait avec lui sur la terre jaune, la peau égratignée d'épines, les rires se mêlant dans leurs bouches aux baisers. Elle se croyait seule, séparée du monde par la force de son ardeur, emportée tout à coup hors d'elle-même. Elle se surprenait à se regarder cent fois dans la grande glace du couloir et, devant le miroir brodé de muscadiers, son visage s'éclairait d'un fin sourire, d'une discrète béatitude, à la pensée d'une après-midi passée avec Severo.

Le premier jour de novembre de cette année, la petite vieille apparut. Un seau vide à la main, elle traversa le salon sans dire un mot.

Elle portait dans un sac son vin de cannelle et ses bougies. Elle s'enferma comme d'habitude dans la chambre du fond pour pleurer son mari mort et en ressortit, quelques heures plus tard, le seau rempli de larmes. Elle paraissait plus vieille, plus courbée, ses dentelles plus effilochées par l'usure.

Avant de quitter la maison, comme elle l'avait fait depuis vingt ans, elle ne manqua pas de dire sur le seuil au père Otero :

– À l'année prochaine, monsieur.

Mais Ezequiel Otero, assis sur sa bergère, ne la revit pas l'année suivante. Ses derniers mois avaient été assombris par la chute du prix de la mélasse, le retard de la récolte et de sérieux problèmes de santé.

Il mourut soudainement d'une hémorragie cérébrale au début de la saison sèche, alors que les goyaviers se pliaient sous leurs fruits. Son épouse, Candelaria, ne lui survécut que de quelques jours et les deux cercueils furent posés côte à côte, capitonnés de velours, munis de poignées en étain, en silence comme ils avaient vécu.

Respectueusement, Serena Otero se vêtit de noir et planta un aloès entre les deux tombes, selon la coutume caribéenne.

Or, le deuil dura peu, car quelques semaines après le décès des Otero, Severo Bracamonte lui proposa un mariage de convenance pour faciliter le partage des droits.

La noce fut discrète, mais dans les règles, avec un curé et des couronnes de gardénias. Severo avait passé un costume de feutre blanc brodé d'argent, une cravate gris perle et une léontine en bronze avec une montre à gousset. Serena portait une robe à traîne, des talons de satin blanc et des gants à deux boutons qui lui montaient jusqu'au poignet. Elle avait relevé ses cheveux en une tresse autour d'un chignon piqué de lys, et sur ses épaules tombait un voile de mariée teint dans un bain safrané.

Les invités arrivèrent dans l'après-midi. L'autel de l'église était orné des mêmes roses blanches que Serena peignait pour ses herbiers. Sous les arcs de la nef, on célébra la messe dans une odeur de myrrhe, et les mariés sortirent sur le perron pour saluer les invités.

On se congratula devant l'église, sur la seule place, où une calèche que l'on utilisait aussi pour le transport du maïs attendait les mariés.

Aussitôt, ils commencèrent des travaux dans la demeure familiale mais, très vite, ils furent contraints de la mettre en vente. Leurs économies ne leur permettaient pas de rénover le matériel.

Severo eut l'idée de reprendre le moulin, de monter une distillerie, et Serena voulut remettre en état les plantations qui dépérissaient. Jamais personne ne se porta acquéreur, et la maison resta au nom de Bracamonte.

VII

Serena Otero devint donc Serena Bracamonte et, comme le voulait l'époque, au décès de ses parents, elle prit la direction du ménage. Le jeune couple s'installa dans la chambre du dessus où le père et la mère Otero avaient confronté leurs solitudes pendant soixante ans.

C'était une pièce spacieuse et disposant d'une large fenêtre ouvrant sur le jardin. Il y avait des pastels aux murs, des crêpes gris autour des cadres et une coiffeuse en bois de gaïac. Serena suspendit aux murs ses planches d'herbier, disposa sur des commodes des vases de narcisses et planta un papayer dans un grand pot pour protéger les lieux de l'intrusion des esprits.

Severo Bracamonte, chargé à présent d'une mission familiale, ne pensait plus au trésor. La volonté de trouver la vie dans le ventre de sa femme lui fit bientôt oublier l'or dans celui de la terre. Mais la nature en décida autrement, et Severo comprit soudain que, même en amour, on ne peut tout avoir.

Ils épuisèrent les onguents et les baumes de fertilité. Certains prétendaient qu'il fallait boire du sang des lamantins, d'autres l'urine du mari. Un savant très respecté leur affirma qu'il fallait faire bouillir sur un réchaud des sels minéraux venus de la côte.

Severo voyagea jusqu'au port le plus proche mais il ne trouva que des pêcheurs qui lui vendirent une chrysocolle, une pierre verte et bleue du Chili, dont le rayonnement, selon eux, encourageait l'ovulation.

Serena veillait à ce que sa nourriture soit bien cuite et limitait les apports en caféine. Ses voisines lui préparaient des potions à base de coing réduit en poudre, de rosier des montagnes et de trois onces d'armoise. Elles lui conseillaient d'éviter les regards des hommes qui avaient été piqués par un serpent, ou de rêver de miroirs brisés.

Il fut question d'un guérisseur qui enterrait les femmes jusqu'aux épaules, les nuits de pleine lune, avec du miel d'abeille entre les jambes. On disait que le chant du courlis est un présage de grossesse et Serena fut attentive pendant longtemps au cri de cet oiseau qu'elle n'avait jamais vu. Malgré tous ses efforts, elle ne tomba enceinte qu'une fois, sans le savoir, mais l'embryon ne vécut qu'une heure dans son ventre.

De ce moment naquit entre elle et Severo une inquiétude sourde et étouffée qu'ils confondirent avec de la complicité.

Serena, qui tenait de sa mère son goût pour la cuisine, servait à table du riz parfumé au tilleul et des pruneaux parés d'une tranche de lard grillé. Au petit déjeuner, un café noir et court, accompagné d'une tranche de pain de seigle et d'un ongle de beurre. Au déjeuner, cent grammes de n'importe quelle viande, des betteraves dont elle vantait les vertus nutritives, et trois verres de vin de madère.

Avant le coucher, Severo Bracamonte avait retrouvé l'habitude d'Ezequiel Otero de fumer la pipe en se balançant sur une chaise.

Le village se modernisa. Comme le fleuve était navigable, un port fut construit autour du premier ponton où pouvaient accoster des pirogues lourdes de sable pour les chantiers. Sur un mur de terre sèche, un écriteau indiquait le prix du bois pour les chaudières des bateaux.

Le trafic de marchandises devint si important qu'on procéda au morcellement des terres, et les parcelles atteignirent quinze centimes le mètre carré. On ouvrit largement la chaussée en prévision d'une première ligne de tramway. À la nuit tombée, quatorze réverbères qui avaient été fondus au Brésil longeaient la rue principale pour combattre la délinquance autant que l'amour.

Des familles s'installèrent au bord du fleuve, mais la pollution des eaux les obligea à quitter les berges et il y eut, pendant plusieurs années, des cas de malaria.

Severo Bracamonte n'avait pas trente ans, il en paraissait cinquante. Tout ce qu'il avait entendu, appris, découvert, s'était gravé dans sa mémoire. Il connaissait parfaitement les pratiques paysannes pour la récolte, les mystères du pressoir et comment empiler les barriques nombreuses que l'on commençait à numéroter.

Il savait comment certains faisaient fortune, comprenait les affaires des liquoristes, le commerce des tonneliers, la corruption des marchands, mais ce qui l'intéressait, c'était avant tout la fabrication du rhum. Il ne pensait plus au trésor depuis longtemps, si bien que c'est à peine si le souvenir de Henry Morgan lui revint lorsqu'une pie rapporta une dent en or dans son bec.

Petit à petit, la plantation devint une distillerie. Sans grand savoir-faire, Severo Bracamonte planta des milliers de cannes à sucre qui poussèrent jusqu'à créer une forêt sur les flancs du mont, là où il n'y avait, auparavant, que des serpents.

La canne était coupée à la main par des dizaines de mulâtres dont les contrats, mal rédigés, signés d'une croix tremblante, étaient valables pendant un siècle.

Il avait entendu l'histoire d'un marquis qui, autrefois, avait ramené d'Égypte deux chameaux pour le transport des bottes de cannes et qu'ils avaient été retrouvés morts d'une morsure de vipère. C'est pourquoi il acheta Abel et Caïn, deux taureaux, dont l'endurance fit doubler son troupeau en deux ans.

Le broyage s'effectuait à la force d'un moulin, la bagasse séchée alimentait le feu de l'alambic et nourrissait le bétail. Une partie de la production était mise à vieillir dans des fûts en bois d'amburana qui ajoutait à l'eau-de-vie des notes de muscade et de girofle, de poivre et de cannelle.

Ainsi, Severo Bracamonte, avec sa discipline, son ordre et son audace, donna l'exemple d'une admirable production nationale qu'on n'avait pas connue depuis la triste époque des missions.

– Du rhum ? Mais c'est pour les esclaves et les domestiques, lui avait-on dit en se moquant.

– Le rhum, avait répondu Severo, c'est le don de cette terre.

Severo Bracamonte voulut s'associer à un liquoriste pour fabriquer un produit de luxe. Il apprit à patienter, puisque sa commercialisation ne se faisait que deux ans après la récolte. On isolait les souches de levure, on distillait plusieurs fois, puis on filtrait avec du charbon de bois et des coques de noix de coco.

Le liquoriste avait insisté pour que le vieillissement se fasse dans ses fûts en chêne du Limousin, noirs et lourds, qui portaient des étiquettes jaunes à liseré rouge.

Severo commanda ses premières barriques en chêne. Il dut les acheter à des compagnies clandestines qui lui vendirent des fûts de bourbon rebrûlé, venant des États-Unis, où l'on avait conservé des vins de Porto et de Xérès.

Des fournisseurs et des propriétaires de domaines venaient frapper à la porte de la ferme où le rhum était vieilli dans des soleras, sur quatre niveaux, afin que le vieil alcool éduque le jeune.

Il les recevait assis sur un grand fauteuil Voltaire, importé à grands frais.

– Et pourtant, disait Severo. Le meilleur endroit pour conserver le rhum est entre le dos et la poitrine.

Son commerce prit bientôt une ampleur considérable. La ferme s'étendit sur les berges du fleuve jusqu'au confluent. On transforma les cases en écuries, le barrage en moulin à eau, la bâtisse en une maison de maître, haute de deux étages, encerclée d'un patio planté de mimosas, où l'on élevait des moutons pour les fêtes.

Severo Bracamonte, qui employait maintenant une vingtaine d'ouvriers, agrandit sa plantation de cinq hectares.

Ce fut vers cette époque qu'il se laissa pousser la moustache. En avance sur son temps, il la gominait aux pointes et prit l'habitude de la frictionner avec de la lotion à l'eau de rose. Il aimait bien se dire « maître rhumier » et prononçait ces mots sans humilité, avec une fière liberté, sans savoir ce qu'ils signifiaient précisément.

Il fit du rhum jusqu'à la fin de sa vie, mais ne sut jamais en parler. Bien qu'il pût distinguer près de deux cents nuances de couleurs de mélasse, juger qu'un alcool pouvait avoir du « corps », de la « personnalité », du « caractère », relevait pour lui d'une rhétorique réservée aux personnes distinguées.

Il avait une connaissance de la culture du sucre qu'aucun livre ne lui aurait donnée, mais il se contentait de fabriquer de belles bouteilles ambrées avec une paille tressée qui en recouvrait le col et une capsule rouge sur le bouchon.

Comme tout paysan enrichi, il était superstitieux et « baptisait » son rhum avec deux gouttes d'eau avant de reboucher la barrique.

Sa nouvelle profession l'avait habitué à ne plus gratter la terre. Il n'était plus le chercheur d'or qu'il avait été. La discipline avec laquelle il travaillait à présent comblait son existence et il buvait un verre de rhum tous les après-midi après déjeuner, sur une bergère en chêne, en contemplant le travail abattu pendant la matinée.

Il se laissait assoupir dans des odeurs de camphre et d'amandiers. Parfois, dans le calme de la nuit, il éprouvait la nostalgie de son passé. Quand on évoquait devant lui l'adolescent rêvant à de fabuleux trésors, croyant à un destin extraordinaire, il ne se reconnaissait pas dans ce portrait. Il lui fallut beaucoup de temps avant de prêter à ces moments d'égarement les audaces délicieuses de la jeunesse.

De cette époque, il ne conserva qu'un amour inconditionnel pour Serena. À ses yeux, c'était toujours cette jeune fille révoltée, ardente, qui donnait un sens sublime à ses illusions, celle qui s'était interposée entre lui et l'arbre. Elle était la seule personne du village à qui il acceptait de céder le dernier mot.

Quand elle ramassait ses cheveux, il voyait encore l'entêtement de sa jeunesse sur son front. Elle n'avait pas perdu cette fraîcheur, ce teint de camélia, cet élan du corps, et il continuait de l'aimer sans demander d'être aimé en retour.

Le couple se comprenait, sans avoir besoin de se le dire. De leurs deux solitudes, ils avaient fait une errance amoureuse depuis cette première étreinte dans le moulin, l'un près de l'autre, l'un face à l'autre, n'ayant en commun que le choix du destin qui avait introduit Severo dans la maison et donné à Serena la force de le retenir.

Ils vivaient sans bonheur ni chagrin, dans une quiétude qui leur convenait, savourant un abandon où le souvenir des difficiles batailles d'autrefois trouvait sa récompense.

Quand ils allaient se coucher, Severo ne s'imaginait pas dans les bras d'une autre femme, et Serena, d'une nature plus distante, le regardait avec une douceur courageuse qui ressemblait, peut-être, à de l'amour.

Jamais Serena Bracamonte ne put se défaire de l'impression de vivre dans un monde pour lequel elle n'était pas faite. Toutefois, elle aidait à la fabrication du rhum, en ébouillantant des feuilles d'oranger et en les transvasant dans un gallon pour confectionner des sirops. Elle obtenait des colorations avec du caramel et faisait infuser des clous de girofle, du goudron et des râpures de cuir tanné.

Elle s'occupa aussi de la comptabilité, du registre des transactions, du cahier des charges, et finit par acquérir le sens des affaires.

Mais ce métier ne l'intéressait pas. Elle avait un penchant naturel pour les beaux-arts. Elle voulut étudier la peinture et la littérature. Elle s'intéressa aux grands peintres, comparant les ciels peints à différentes époques, puis aux écrivains romantiques, trouvant son siècle débordant de poésie.

Si peu de livres arrivaient au village que, dès qu'ils entraient dans la maison, Serena pensait qu'il fallait les lire en une nuit. C'était l'époque où les romans, publiés sous forme de feuilleton, parlaient d'amour avec des rebondissements dont l'amour lui-même se serait étonné.

Elle ne lisait pas ce qu'elle voulait, mais ce qu'elle trouvait. Comme souvent les livres lui parvenaient sans couverture, elle ne sut jamais qui était l'auteur de ce roman bouleversant d'une jeune femme qui rêvait à l'inaccessible. Et comme les dernières pages étaient arrachées, elle n'eut pas à pleurer la mort d'Emma Bovary ni l'idée qu'on puisse se suicider par amour.

Elle lut La Fontaine qui la mettait de bonne humeur. Un soir, elle dit à Severo que, si un jour le commerce du rhum n'était plus rentable, il faudrait songer à investir dans l'élevage de poules.

– Aux œufs d'or, bien sûr ! s'était-elle exclamée.

Severo Bracamonte ne comprit la plaisanterie que vingt-cinq ans plus tard.

Ces livres enseignèrent à Serena tout à la fois la servitude et la révolte, l'infidélité et le crime, la magie d'une description et la pertinence d'une métaphore. Ils lui firent découvrir les divers aspects de la virilité, dont elle ignorait presque tout. Elle apprit que la tour de Pise penchait, qu'une muraille entourait la Chine, que des langues étaient mortes, et que d'autres devaient naître.

À vingt-sept ans, elle était d'une grâce élégante, et la délicatesse de ses manières contrastait avec la rudesse de son entourage. Elle employait une servante, alors qu'elle n'en avait guère besoin.

Un soir où il faisait plus froid que d'habitude, elle déclara qu'elle aurait aimé vivre dans un pays où l'on porte des écharpes et où l'on espère l'arrivée du printemps. Elle rêvait de l'hiver comme d'un chef-d'œuvre. C'était pour elle un splendide décor traversé de femmes vêtues de manteaux, de toques de fourrure et de queues de renard autour du cou.

Elle acceptait ce vieux préjugé selon lequel les écrivains sont capables de discuter de la place d'une virgule pendant des heures, et qu'un seul vers puisse les occuper pendant des années. Elle enviait les soirées où l'on débattait sur des sujets d'actualité, où l'on fumait du tabac étranger, et prenait les habitudes d'une classe dont elle n'était pas issue, mais qu'elle considérait comme étant la sienne.

La radio était allumée toute la journée. Un service d'informations diffusait des nouvelles internationales. On apprit un jour, à deux heures de l'après-midi, qu'une chaîne de télévision transmettait pour la première fois de l'histoire un spot publicitaire.

Il correspondait à une marque de montres, Bulova. « L'Amérique court au temps de la montre Bulova. »

L'annonce durait exactement dix secondes et avait coûté quatre dollars. Le speaker vénézuélien révélait toute l'affaire comme s'il s'agissait d'une nouvelle sensationnelle et relatait fidèlement l'événement qui marquait la marche imparable du progrès pour conclure : « L'Amérique latine aussi court au temps de la montre Bulova. »

Cette idée du progrès remua tant l'esprit de Severo Bracamonte que le projet lui vint, le jour même, de monter une tonnellerie. Il refusait de continuer d'acheter des fûts préfabriqués et des caisses d'approvisionnement à des compagnies clandestines.

Ce fut Serena qui écrivit l'annonce pour la diffuser sur la radio locale. Elle n'utilisa pas de pseudonyme, comme elle l'avait fait autrefois, éprouvant une douce nostalgie à retrouver dans cette activité ses illusions perdues.

Elle fit appel à un tonnelier professionnel, en précisant le montant du salaire et les conditions du contrat. Mais cette fois-ci, quoique le speaker n'ait lu l'annonce qu'une seule fois, il ne fallut pas attendre longtemps. Deux jours plus tard, elle reçut une réponse.

VIII

Telle était la vie de ce village lorsque l'Andalou arriva. Il avait traversé la vallée sur un cheval noir, avec un guide local et un train de mulets chargés d'une collection de livres en peau de veau.

Quand il atteignit la maison des Bracamonte, il sauta à terre. Il attacha la bride de son cheval à une branche et, d'un geste précis, lui déposa une brassée de foin sous les naseaux.

C'était un Espagnol d'une soixantaine d'années, le cheveu feutré comme du poil de taupe, le nez cassé, et un sourcil circonflexe qui lui donnait, quand il le soulevait, la marque d'un aristocrate. Il avait des mains de défricheur, hâlées, brunies par l'effort, les ongles carrés, et à l'annulaire une chevalière héritée de son père qui, disait-il, était frappée aux armes de sa famille.

Le souvenir d'un long chagrin faisait pencher ses paupières jusqu'à la moitié de l'œil. Il aurait pu passer pour beau, mais les années avaient ramolli et brouillé les traits de son visage.

Cependant, il dissimulait tout cela sous un costume propre, taillé sur mesure, d'une coupe trahissant l'homme de goût. Signe rare chez les voyageurs, il portait un col blanc sur lequel il nouait une cravate avec une épingle surmontée d'une topaze, et, sur les épaules, un gilet à carreaux selon la mode britannique. Au revers de sa veste, il avait à la boutonnière un cochon en métal blanc, symbole de fortune.

Severo Bracamonte ne s'attendait pas à tant d'élégance chez un tonnelier. Il le reçut dans son salon. L'Andalou tenait en laisse un chien jaune, qu'il appelait Oro, dont la queue basse, traînant derrière lui, balayait les graviers.

Son museau reniflait les fleurs du perron. Il paraissait habitué aux insectes qui dansaient autour de lui et, fidèle comme une main, s'éloignait rarement de son maître, levant constamment la tête, inquiet du moindre déplacement.

Quand Oro vit Serena, il aboya une fois. Elle sursauta en disant qu'elle n'aimait pas du tout les chiens. L'Andalou l'excusa.

– Vous n'avez rien à craindre. Ce chien est discret comme un chat.

Pour meubler la conversation, il voulut vanter les mérites d'Oro. L'animal n'avait traversé l'Atlantique à bord d'un caboteur que pour venir chasser des cochons dans les îles. Mais à son arrivée, il avait reniflé une pièce d'or et, depuis, on lui prêtait le don de flairer les trésors. Severo s'émerveilla.

– Sens-toi flattée, dit-il à Serena en pointant l'animal. Ce chien a été dressé pour n'aboyer que devant l'or.

L'Andalou voulut préciser :

– Mais pour l'instant, il n'a jamais aboyé devant un trésor.

Serena, qui le prit pour elle, pinça les lèvres :

– J'ai encore des efforts à faire.

L'Andalou voulut se rendre diplomate :

– C'est qu'il doit attendre le bon moment.

Severo trouva la chose naturelle et répondit :

– Savoir attendre est le privilège des chiens de race.

– Tout de même, j'aimerais qu'il aboie plus souvent, soupira pour rire l'Andalou.

Serena observa ces deux hommes qui se complimentaient tour à tour, et qui se faisaient des ronds de jambe. Elle demanda à l'Andalou :

– Avez-vous déjà trouvé un trésor ?

– Pas encore.

Elle eut un haussement d'épaule.

– Ce chien a été dressé pour trouver de l'or, déclara-t-elle. Si vous n'en avez pas encore trouvé, pourquoi voulez-vous qu'il aboie ?

L'Andalou et Severo lui dirent qu'elle ne comprenait rien et continuèrent de regarder le chien Oro avec admiration. L'Andalou, qui lui accordait une âme égale à celle d'un fils, conclut :

— Il n'aboie pas, mais j'ai parfois l'impression qu'il va parler.

Midi sonna. On passa à table. L'Andalou posa son chapeau, rangea ses affaires, se lava les mains.

Lorsqu'il enleva sa veste, Severo remarqua les élastiques qui serraient ses bras de chemises au-dessus des coudes et pensa que cette nouveauté venait sans doute d'Europe.

L'homme parla de bois, de fer, de la porosité du chêne, de la « part des anges ». Il expliqua l'action de l'oxygène sur l'alcool. Ses gestes étaient courtois, délicats et prévenants.

La conversation s'égaya. Il confessa rapidement que sa vraie passion n'était pas la tonnellerie. Severo, qui l'écoutait avec attention, devint curieux.

L'Andalou disait qu'il aimait les randonnées et qu'il avait fait lui-même quelques fouilles sans succès, de petites expéditions ponctuelles qui l'avaient épuisé, mais affirmait, fier de son anglais, que c'était le prix à payer pour devenir un « self-made-man ».

— Il est toutefois ironique de se dire qu'un « self-made-man » n'est qu'un homme qui s'agenouille dans la fange d'une rivière pour trouver un sens à sa vie.

— Dans la fange d'une rivière ? demanda Severo, étonné.

— Bien entendu, c'est là qu'il faut s'attendre à de grandes surprises.

Ce mot enflamma Severo. Cet étranger avait un grand charme, celui des natures secrètes. Il parlait comme on tâtonne, avançait en biais.

— Et vous voyagez au hasard, monsieur ? demanda Severo, intrigué.

— Au contraire, répondit l'Andalou. Les grands aventuriers sont mes guides.

— Marco Polo ? Cook ? Bougainville ?

L'Andalou sourit. Il nomma Francis Drake, l'Olonnais, le baron de Pointis, Oexmelin. Severo ouvrait de plus en plus grand les yeux. Et quand l'Andalou évoqua la légende de Jean Lafitte et ses coffres d'or dans les sables de la Louisiane, près du lac Calcasieu, Severo Bracamonte eut comme une révélation.

Puis, l'Andalou ajouta :

— Mais pourquoi aller si loin ? Prenons l'exemple de Henry Morgan.

Severo contint son émotion. Il posa enfin la question que le père Otero lui avait adressée autrefois, le premier soir de son arrivée, et qui à présent lui brûlait les lèvres :

— Alors, vous avez de l'or ?

Silencieux, l'Andalou sortit de sa poche une petite bourse en cuir fermée avec une dent d'alligator. Il en tira une pierre jaunâtre enveloppée dans un mouchoir.

— Il y en a trois onces, dit-il en la montrant du doigt.

Au milieu de la paume de l'Andalou se tenait un métal doré, à peine plus gros qu'un noyau d'olive, que tout le monde regardait fixement en silence.

Severo tressaillit. D'aussi loin qu'il se souvenait, il n'avait connu que le fer, ce métal dur et lourd qu'on utilise pour le soc des charrues, pour cercler les roues et les tonneaux, et qui sert à retenir les taureaux par les naseaux.

Pour la première fois, il voyait l'or, tendre et fragile, qui brillait dans le noir et sur lequel restait l'empreinte des dents. Il l'avait tant cherché dans sa jeunesse, il s'était donné tant de peine à le trouver que, sous les éclats de la lampe, une fois devant lui, avec cette déception qu'ont les choses attendues, il lui parut d'une valeur ridicule.

Serena, en revanche, comprit immédiatement que l'Andalou n'avait jamais fabriqué un seul tonneau de sa vie et que sa venue était une coïncidence, sans aucun lien avec l'annonce. C'était la deuxième fois qu'un homme se présentait à sa table pour lui parler d'un trésor qu'elle n'avait jamais vu.

Elle aurait voulu en discuter avec son mari, en le prenant à part, mais Severo se pinçait déjà les lèvres, semblait réfléchir. Alors ce fut elle qui parla la première.

– Vous n'êtes pas ici par hasard, monsieur, dit-elle. Qu'avez-vous à nous proposer ?

Sans paraître étonné, l'Andalou posa sur la table des cartes d'îles, avec des croquis à l'encre de Chine et des boussoles étoilées.

Tout était couvert de flèches et de repères, de degrés de latitude et d'inscriptions illisibles. Elles venaient des archives de la cathédrale de Londres, recueillies selon lui par un évêque.

Il affirma ensuite dans un espagnol apostolique, assez proche du latin, en pointant confusément les documents, que le trésor devait se situer ici ou là, entre le vieux moulin à sucre, l'entrée de la forêt et les berges du fleuve.

— J'ai étudié toutes les cartes géologiques de la zone. J'ai consulté le cadastre, épluché les registres des concessions voisines.

Il indiquait des distances, donnait des références.

— Le fleuve était plus large autrefois, mais son lit s'est asséché. Il faudra fouiller les berges. Je pense que…

Severo le coupa. Croyant s'entendre lui-même quelques années plus tôt, il finit la phrase qui l'émut comme autrefois :

— Vous pensez que… ce n'est pas une légende ?

— Naturellement, reprit l'Andalou avec lenteur. Je ne suis pas venu jusqu'ici pour trouver un trésor de famille ou la cassette d'une princesse enterrée au fond d'un jardin. Je connais mon métier.

Puis, après avoir vidé son verre, il ajouta sur le ton des grandes déclarations :

— Si les étoiles étaient en or, je creuserais le ciel.

Severo fut transporté de voir sous son toit tant de détermination et de franchise. Enfin, il rencontrait un homme qui pensait comme lui, qui avait fait le même voyage, et qui le comprenait.

Henry Morgan avait abandonné son trésor dans la région. La présence de cet inconnu le confirmait.

Il voulut en savoir davantage. L'Andalou avait débarqué dans le golfe de Coquivacoa en tant que soldat volontaire dans un conflit qui n'avait duré que quelques mois.

Il était horloger de profession, né dans les oliveraies espagnoles, de la province de Malaga. Après la guerre, il avait rencontré un artisan qui lui avait parlé des trésors que renfermaient les anciennes colonies. Rapidement, il se rendit dans ces régions où il trouva assez de gemmes, d'ambre et de gangues ouvertes pour décider de rester.

– J'en devins fou, avoua l'Andalou.

Quand Severo le connut, les grands plateaux et les histoires de bonne fortune lui étaient entrés dans le corps. C'était alors un homme vigoureux, aussi rusé qu'un marchand.

Il avait vécu sur les îles Cocos, au large du Costa Rica, interrogeant les marins sur le trésor de Benito Bonito. Il avait suivi la légende du butin caché de l'église de Lima, inspirée par l'Allemand August Gissler, lequel avait séjourné vingt ans dans une île et qui était mort avec trente-trois pièces d'or dans une poche. Il disait aussi qu'il connaissait l'homme qui avait trouvé le trésor de William Kidd sur une île, non loin de New York.

– Avec la moitié du trésor, j'ai vu ce paysan vivre comme un prince.

L'Andalou avait dépensé des années et des fortunes à Smultynose, près du New Hampshire, pour y trouver l'or de Barbe-Noire, en vain.

Il avait fouillé la baie de Diego Suarez dans ses tréfonds, exploré toutes les cavernes et interrogé tous les anciens flibustiers. Il prétendait qu'il avait eu entre ses mains le cryptogramme d'Olivier Le Vasseur, dit « La Buse », le pirate des pirates, où étaient indiquées ses caches à La Réunion.

Tous ces voyages avaient confirmé sa vocation. Il ne pouvait plus penser à autre chose qu'à un coffre bardé de serrures et de combinaisons secrètes, à des grimoires couverts de signes cabalistiques, auxquels il pourrait consacrer ses années d'expérience.

Severo avait envie de parler. Il évoqua ses recherches assidues d'autrefois. Il raconta des anecdotes, fit rire tout le monde. On ouvrit une deuxième bouteille. Il voulut montrer sa statue de Diane à l'Andalou.

Ils sortirent sur le porche.

– Je ne sais même pas combien elle pèse, dit-il. Ce que je sais, c'est que si elle avait fait un gramme de plus, je n'aurais pas pu la porter jusqu'ici.

L'Andalou contempla la statue avec un regard amusé et assura que c'était sans doute une commande de l'époque du second classicisme, pour décorer le corridor d'un monarque local.

Puis, laissant courir son imagination, il lui réserva un destin plus médiocre. Elle avait probablement orné le jardin d'une courtisane, puis on l'avait oubliée dans un musée obscur, et pour finir, elle s'était retrouvée à prendre la pluie sur la terrasse d'une école de marine. Après un raid, enlevée par des pirates, la Diane aurait fort bien pu traverser l'océan dans la cale d'une frégate, entre des sacs de farine, avant d'être abandonnée dans l'arrière-pays lors d'un naufrage.

Il chercha même à préciser une date, et Severo sentit comme une offense à sa seule trouvaille en trente ans de fouilles.

Pour se reprendre, Severo sortit le plan avec lequel il avait exploré la région. Sans le déplier, il l'agita sous les yeux de l'Andalou en lui garantissant l'exactitude des repères marqués.

Il lui proposa un marché : l'expédition serait aux frais de l'Andalou et Severo fournirait les documents moyennant une part du butin.

— Il n'est pas rare de croiser des rêveurs qui ont passé des années à étudier un plan qu'ils ont acheté très cher à un escroc, dit l'Andalou.

Il fixa Severo du regard et ajouta :

— Mais si je trouve le trésor grâce à ton plan, alors…

Il esquissa un sourire malicieux, puis il lui tendit sa main comme pour conclure un accord d'homme à homme, et demanda :

— Fifty-fifty ?

Severo accepta le marché à condition qu'on ne touche pas aux plantations dont la récolte approchait.

Son plan indiquait que le trésor devait être enterré à quatre cents pieds au sud-ouest de la forêt et à trente en retrait du fleuve. Au centre de la carte, figuraient des symboles de rochers sur lesquels étaient imprimées des lettres majuscules et une flèche à double pointe.

Alors, sans perdre une minute, l'Andalou pourtant si élégant chaussa à la hâte une vieille paire de bottes de pluie, se drapa dans une couverture mexicaine et s'enfonça dans la forêt la torche à la main.

Il marcha d'un pas triomphant, arpentant la vallée, ses plans sous le bras, sa boussole au poing. Il n'avait gardé qu'une dose de quinine et un poignard dans un fourreau en argent qui, selon lui, pouvaient les sauver d'un danger.

Petit à petit, il se rendit compte que le plan n'était pas exact. Si on partait du nord de l'intérieur de la forêt, les lignes se rencontraient sur les berges. Si on prenait par le sud, elles se coupaient cent pieds plus loin.

Severo et l'Andalou se penchèrent sur les cartes. Ils sortirent quelques outils de leurs sacs et commencèrent les coups de pioche en fin d'après-midi.

Les deux hommes s'échinèrent jusqu'au soir. Insatisfaits, ils retournèrent à la lisière de la forêt pour refaire le chemin en calculant différemment les distances. L'Andalou étalait la carte devant lui pour la comparer au paysage.

Severo précisait :

– Le plan est vieux de cinquante ans. Le paysage a changé à cause du déboisement. Les compas étaient peut-être moins précis à l'époque.

Sur place, l'Andalou ne s'y retrouvait pas. Aucune pierre, aucun rocher, tout avait disparu sous une mousse humide.

L'Andalou finit par croire que le plan était une copie maladroite. Severo ne répondait rien, laissant une part au doute.

Lui connaissait sa forêt. Il l'avait parcourue comme un chien fou, authentifiant chaque feuille, chaque colline, chaque berge. Il avait sondé tous les arbres creux, dressé des relevés de terrain. Il n'était pas né sur cette terre, mais il avait passé tant d'années à la retourner qu'il la considérait comme sienne. Et de tout ce temps, il n'avait rien trouvé d'autre qu'une femme de marbre.

Cependant, alors que Severo s'était cassé le dos à creuser, l'Andalou avait perfectionné les méthodes de fouille.

Il savait mesurer les déclinaisons astrales, tirer des méridiens. Ses sondages étaient bien plus efficaces et profonds que des trous creusés à la pelle. Il avait coupé les queues de mèches à bois et les avait rallongées en leur soudant des tiges en acier. Ainsi, il pouvait atteindre jusqu'à cinq mètres de profondeur et, lorsqu'un obstacle empêchait sa progression, il finissait le travail à la pelle.

Un jour, sur une berge de la rivière, le détecteur avait émis un son faible et la tige s'était bloquée. Severo s'enthousiasma. Il saisit la pioche et s'attaqua furieusement au sol.

– Attention ! lui avait crié l'Andalou. Tu pourrais abîmer le coffre !

Mais ce jour-là, aucun trésor ne fit surface. L'eau remplit si bien le trou qu'il fallut l'écoper. Ils dressèrent un barrage en amont pour dévier le cours du ruisseau, mais la terre était sableuse et la boue filtrait entre les pierres. Ils essayèrent de fermer l'ouverture avec des plaques de tôle que le vent faisait tomber.

Pendant quinze jours, ce ne fut que drainages et creusements, espacés de fronts épongés et de verres de rhum. Ils déblayèrent enfin un tunnel de quarante pieds à la base d'une colline pour découvrir que ce qui avait arrêté la sonde n'était qu'un vieux câble de navire qui rouillait là depuis trois siècles.

IX

La petite vieille vint le 1ᵉʳ novembre. Elle entra avec son seau vide à la main, son vin de cannelle et ses chandelles. L'Andalou était dans le salon en train d'étudier ses plans sur une petite table portative qu'il avait posée sur ses genoux.

Le chien Oro se dressa et aboya une seule fois. La petite vieille ne fut pas surprise, ne leva pas les yeux, ne répondit pas. Lentement, avec des gestes assurés, elle marcha jusqu'à l'habitation du fond et, après avoir pris la clé dans sa poche, y pénétra sans se retourner.

Ce furent pour l'Andalou des semaines d'errance où il se perdait sans résultat, impatient de découvrir des indices, souvent furieux contre l'inexactitude des plans. Il faisait des battées, mais l'or n'apparaissait pas. Aucune paillette ne colorait le fond du récipient.

Il se plaignait de tout, trouvait la chaleur étouffante, le porc amer, les villageois taiseux. Il creusait penché en avant, hargneusement, comme pressé d'atteindre le centre de la Terre, appuyé sur sa pelle, passant le revers de sa manche sur son front.

Un jour qu'il avait ôté sa chemise, Severo avait remarqué sur son dos, éclairé par le plein soleil, des cicatrices qui paraissaient avoir été cousues avec l'alêne d'un cordonnier.

Vers sept heures, Severo l'invitait à se joindre à lui. Ils s'installaient sous le porche pour boire l'apéritif, côte à côte, face à la campagne. La brise amenait par bouffées des parfums de goyave.

– Nous sommes comme des bourgeois, plaisantait l'Andalou quand Severo lui servait un deuxième verre. Tous les chercheurs d'or ne vivent pas aussi bien.

Il évoquait alors les heures passées dans la fange, dans les carbets de branchages et de palmes, sur des matelas roulés à même le sol, coupé de tout secours médical, livré aux fièvres et aux délires.

Lui avait toujours fui les régions minières. Il avait même refusé des concessions en Guyane. Cela était dit à voix basse, sans faire de gestes, ses yeux fixant un point au loin, les narines frémissantes, absorbé dans ses souvenirs :

– Là-bas, au moins, on trouve de l'or. Ici, la terre est vide.

Severo Bracamonte ne voulut pas le contredire. Se rappelant son passé, il raconta qu'il avait retourné cette terre de bout en bout. La terre était peut-être vide, mais il constatait aujourd'hui qu'il avait aimé l'or pour ensuite l'oublier, au profit du travail long et patient, discret et silencieux, du laboureur et du maître rhumier.

L'Andalou l'approuvait. Severo ajouta que la canne à sucre l'avait tellement envoûté qu'elle lui avait appris la sagesse, les rythmes lents de la nature, et les plantations étaient devenues pour lui plus précieuses que tout l'or du monde. Il disait cela avec une forme d'exaltation :

— Non, la terre n'est pas si vide ici.

Dès lors, Severo passa moins de temps avec l'Andalou dans la forêt. La saison sèche s'était installée, la culture sur brûlis commençait, il dut reprendre son activité de planteur. De son côté, l'Andalou ne s'approchait plus trop de la maison. Parfois, quand il tirait l'eau du puits, il saluait Serena d'une légère inclinaison de la tête. Serena lui répondait d'un geste vague.

Elle avait alors trente ans et était tour à tour cultivatrice, comptable, épouse et ménagère. Peu de femmes de la région tenaient une telle place au sein de leur famille.

Elle avait choisi la modernité, et luttait avec courage contre les archaïsmes de son milieu. Sa voix comptait parmi les anciens du village, on l'appelait pour régler des conflits de voisinage. Elle était connue pour sa charité et conseillait les sages-femmes.

Avec le temps, son savoir devint proverbial. Elle pouvait parler de médecine, de musique, de fiscalité. Elle étudia la vie des abeilles, tout en sachant qu'elle ne ferait jamais d'apiculture. Elle s'intéressa aux phénomènes insolites, voyant dans la science les miracles de l'avenir. Elle savait comment décuire un œuf dur et connaissait l'énigme du homard qui change de couleur selon son humeur.

Elle considérait qu'une femme cultivée ne pouvait pas être soumise, et ne cherchait pas tant à briller qu'à affirmer sa liberté.

Serena Bracamonte paraissait satisfaite, dans une plénitude absolue, mais il y avait dans son âme bien des joies retenues, bien des élans étouffés, qui s'incrustaient dans son cœur comme un rubis dans sa gangue. Elle n'avait pas encore mis au monde le trésor qu'elle cherchait.

Quand elle regardait les enfants jouer dans la rue, se poursuivre dans les champs, un pincement la prenait. Elle en portait sur le visage un chagrin permanent. Elle aurait voulu, comme les autres mères, serrer son petit sur sa poitrine, aider ses premiers pas, jouer avec ses cheveux, lui murmurer des tendresses à l'oreille.

L'absence d'un enfant renforçait son désir de maternité. Depuis des années, elle taisait sa révolte de jeune femme à qui on interdisait d'être mère, ce vide l'emplissant comme une grossesse, et elle maudissait ce ventre qui saignait à chaque lune.

Or la découverte du trésor, pour tous les trois, vint par des chemins insoupçonnés. On était en décembre. La campagne était en jachère.

Severo ordonna de préparer les brûlis pour, le lendemain, commencer la coupe. On alluma des flambeaux tout autour de la plantation.

Tout s'embrasa très vite. L'incendie se souleva comme une torche, d'un seul coup, puissant et droit. On ne vit plus les champs tant les flammes montaient haut dans le ciel. La chaleur couchait les fougères, tordait les troncs et une fumée âpre roussissait les feuilles.

Le feu emplissait l'air d'une odeur de caramel. Il ronflait comme cent forges, les branches tombaient avec fracas et les bêtes dans les enclos beuglaient, poussaient des cris d'angoisse.

Soudain, au loin, des chevaux qui broutaient s'affolèrent en voyant passer une masse sombre sous leurs sabots.

C'était le chien Oro qui aboyait et courait vers les flammes jusqu'à perdre haleine. L'Andalou l'appela, se fâcha. Il cria à s'époumoner, mais le chien disparut dans la fournaise.

Tout à coup, il réapparut, fumant de partout, le pelage roussi. Il tenait entre ses dents une boîte à chaussures à moitié brûlée.

On l'ouvrit sous le regard d'une foule. Au fond dormait en rond un animal cramoisi, au poil fauve, petit comme un écureuil. Des pattes touffues entouraient sa tête et on ne voyait pas sa queue tant elle était enroulée autour de son ventre.

Il était inoffensif, tremblant de ses petits muscles, la fourrure charbonnée, tout couvert de cendres et de rameaux. Il bougea un peu, raidit son dos et ouvrit la bouche pour émettre un cri sauvage. Mais ce qui en sortit, un bruit entre le braiement et le râle, ne jaillissait pas d'une gorge animale. Le petit corps se tourna, et le visage d'un nouveau-né apparut.

Severo cria une injure. Là se tenait une petite fille de quelques jours, si sale qu'elle paraissait pleine de poils. Effrayée par les visages qui se penchaient sur elle, l'enfant recommença ce cri qui était comme une plainte, si forte et déchirante que Serena l'entendit depuis la maison.

Lorsqu'elle arriva dans le champ, au milieu du tumulte, Serena aperçut cette créature entre les bras de Severo, toute brûlée, enveloppée dans une couverture de jute.

Elle en fut bouleversée, traversée d'une émotion comparable à celle qui l'avait envahie cette première fois dans le moulin à sucre. Elle la prit au creux de son coude, la regarda avec curiosité, et une joie puissante éclata dans son ventre, comme si, à la place de sa vie, une autre existence avait soudain surgi du brasier.

Le destin voulut que cet enfant fût sauvé du bûcher. Mais le feu lui avait brûlé la partie gauche du visage. Pour calmer la douleur, on appela le médecin du village qui lui appliqua aussitôt un blanc d'œuf, de la farine blanche et des compresses d'aloe vera.

Un débat s'ensuivit pour juger de son avenir. Certains penchèrent pour qu'on se mette à la recherche de ses parents, d'autres pour qu'elle soit confiée à l'église. Quelqu'un parla d'une pension qui accueillait des bâtards jusqu'à leur majorité, mais Serena Bracamonte protesta.

– Nous ne sommes plus au Moyen Âge, s'écria-t-elle.

Elle avait la modernité de croire que les enfants en bas âge devaient appartenir à ceux qui les avaient trouvés.

Elle dressa un tableau abominable des orphelinats et fit observer que d'y envoyer la petite fille serait contraire à la morale chrétienne.

– Ne cherchez pas plus loin, dit-elle à Severo et à l'Andalou qui regardaient l'enfant avec étonnement. Le voilà, votre trésor.

On coucha l'enfant dans un berceau en bois. Personne ne revendiqua la paternité de cet être abandonné, comme si le feu l'avait accouchée.

À partir de ce moment, pour la deuxième fois de sa vie, Severo oublia le trésor de Henry Morgan. Un nouvel être venait d'entrer dans son existence avec tant de force qu'il excluait tout rêve de fortune.

Le lendemain, l'Andalou décida de partir. Il comprit que sa présence dans la maison était de trop. Il prépara ses affaires, remonta sur son cheval, siffla pour appeler le chien Oro, mais l'animal ne voulait pas quitter le berceau où l'enfant, pleurant sous les compresses, se tortillait comme un ver.

Finalement, à la surprise de tous, il haussa les épaules :

– Qu'il reste, dit-il.

Puis, se penchant, il tendit sa main à Severo.

– Nous ne nous reverrons jamais.

Deux jours plus tard, un prêtre vint bénir l'enfant. Il rappela que les orphelins devaient porter le nom d'un saint du calendrier, mais Serena s'y refusa.

Elle nota la date de sa découverte comme s'il s'agissait du jour de sa naissance. Elle la fit appeler Bracamonte, pour perpétuer une dynastie d'êtres venus avec le vent.

L'enfant qu'ils avaient trouvée sans l'avoir cherchée naquit donc une seconde fois sous le tropique du Cancer, dans la chaleur des manguiers, et ils lui donnèrent le prénom de la première femme et du premier élément : Eva Fuego.

X

L'arrivée de la petite Eva Fuego Bracamonte fut reçue comme un mauvais présage pour la bourgeoisie locale. Les esprits s'échauffèrent et la rumeur courut qu'elle était la fille cachée du capitaine Henry Morgan. Dès lors, quand on parla de cette enfant sauvée d'un champ brûlé, noire de charbon, nue et pauvre, personne ne sépara plus son nom de celui de la piraterie.

Serena, au contraire, se convainquit que ce cadeau venait du ciel. Seul Dieu pouvait lui permettre aujourd'hui un bonheur aussi grand que sa tristesse d'autrefois.

Elle aima Eva Fuego plus que personne, comme greffée à elle par cette naissance. Elle la couvrit de mille soins, mille attentions, pour être digne du rôle que la nature lui avait refusé. Elle bénissait cette rencontre qui apaisait le désarroi d'une femme qui ne pouvait être mère et la détresse d'une orpheline qui ne pouvait être fille.

Vingt années durant, Serena soulagea ses brûlures à la tempe avec des compresses d'aloe vera. Parfois, au contact des pansements, Eva Fuego gémissait de douleur et brutalement remontaient à la mémoire de Serena les champs de cannes enflammés et l'odeur de la mélasse brûlée.

Ces journées passées ensemble donnèrent à son visage un air de gratitude. Elle était la dernière d'une lignée qui aurait dû s'éteindre après elle, et avec un mélange d'admiration et de tendresse, de dévouement et de bienveillance, elle offrit à Eva Fuego la part d'amour qu'elle n'avait pu donner à Severo.

Eva Fuego Bracamonte, dans les bras de Serena, fut baptisée par immersion complète, selon le grand rituel babylonien. De ce moment, elles prirent la coutume de prendre des bains ensemble. Les premiers mois, sur la poitrine d'une nourrice, elle mordait la mamelle au lieu de la téter, pleurait beaucoup, déchirait du linge, et ses yeux grands ouverts jetaient des braises dans toutes les directions.

En fille unique, elle entretenait un rapport intime avec la solitude. Jusqu'à ses neuf ans, elle évita les autres enfants, joua avec une poupée noire de papier chiffon et peignit des tournesols à la gouache sur le bois usé des tonneaux. Le monde lui était à la fois inquiétant et passionnant. Elle grandissait dans l'opulence et la sérénité du paysage, convaincue que les chenilles avaient l'usage de la parole. Elle avait l'âge où l'on pense que les arbres volent autour des oiseaux.

Elle humait le sol, les yeux encore troubles et candides, respirant des fraîcheurs qu'elle ignorait. Tout l'inspirait. Le moulin à sucre ressemblait à la cuisine d'un géant et, souvent, elle léchait la bagasse brûlante dans un coin de l'atelier, assise par terre, fixant la fleur rouge des fournaises et les ruisseaux d'or des cuves.

Son haleine était encore celle d'un petit animal, d'un coati ou d'un tatou, une odeur chaude, imbibée d'humus et d'âpreté. Elle mordait dans la chair des fleurs, s'imprégnait de l'innocence des êtres. Le chien Oro ne la quittait plus, elle jouait avec lui pendant des heures. Tout lui était découverte, la violence de la pluie, la blessure du soleil, l'ivresse de l'eau, l'innocence du péril. Les champs en friche étaient son terrain de jeu. Elle courait dans les herbes folles, les cheveux emmêlés, les genoux écorchés, comme dans une fête, si bien que Serena disait parfois, en posant sa main sur son ventre :

– Comme elle me ressemble.

Severo Bracamonte trouvait beau d'élever un enfant dans la simplicité, loin des capitales viciées. Il prenait Eva Fuego par la main, au matin, et ils allaient ensemble flâner dans les bois calmes et majestueux, embrassant d'un même regard les paysages lointains et leurs muettes complicités.

Elle montrait de la curiosité, essayant d'attraper les papillons pour les épingler dans une boîte vitrée, nommant les arbres, et le monde était pour elle une carte à explorer où chaque pas avançait en terre vierge. Severo lui parlait pendant que les feuilles se balançaient au vent.

Il lui inculqua de bonne heure l'amour du travail. Il lui enseigna l'art de faire vieillir le rhum, comment surveiller la distillation, estampiller les tonneaux au pochoir. À dix ans, elle apprit à dresser l'état civil d'une barrique, à y inscrire son année et son volume. À douze, elle savait déjà doser les mélanges et décliner toutes les étapes de la fermentation.

Le temps élargit son visage, et la brûlure ne disparut pas. Serena lui préparait des potions épaisses qui contenaient de la chair de vipère et de la poudre d'hippocampe. Mais Eva Fuego conserva toujours cette marque sur le côté gauche, de la tempe à la mâchoire, qui la rendit toute sa vie attentive à ne montrer au monde que son profil droit.

La cicatrice n'était pas bien grande, mais elle crut très longtemps que tous les yeux étaient fixés sur elle, au point qu'elle porta des foulards autour de la tête et prit l'habitude de dire qu'elle ne gardait aucun souvenir de l'accident.

Lorsqu'elle atteignit l'âge de mettre du linge entre ses cuisses, Eva Fuego était déjà une fille solide, assez forte, avec une épaisse chevelure noire attachée à l'indienne qui lui descendait jusqu'au bas du dos. Ses sourcils noués et ses cheveux avaient dû retenir un peu de ce feu originel qui l'avait mise au monde. Elle était sombre, d'un caractère charbonné, comme si des braises couvaient sous son âme, et souvent elle s'effrayait elle-même de la force inconnue qui l'habitait.

Elle s'habillait à l'africaine avec des cercles d'argent aux chevilles, des bracelets aux poignets, des décolletés qui faisaient rougir les fermiers. Elle portait des jupes à volants colorés, coupées par une couturière indigène, qui lui remontaient aussi haut qu'il était permis.

Elle avait un charme de bête sauvage, imprévisible, ardente, que ne freinait pas la pudeur, et les jeunes gens du village se bousculaient sous ses fenêtres dans l'espoir de l'apercevoir derrière ses jalousies.

Ce n'était pas une adolescente de sérénades et de balcons, de mandolines et de galanteries. Elle avait l'esprit libre, plus Lilith qu'Ève. Elle prit des formes et devint vite une *morena* lourde et virile, aux traits froids et au regard despotique, sachant à la fois hausser le ton et imposer son silence. Quand elle n'obtenait pas ce qu'elle voulait, ses accès de colère étaient impossibles à apaiser.

Elle regardait les hommes sans désir ni curiosité, avec courage, comme si elle cherchait sans cesse à mesurer un rapport de force. À quinze ans, on lui en aurait donné vingt. À vingt, elle n'avait plus d'âge.

Cependant, Serena la traitait encore comme une petite fille. Elle la comblait d'attentions, lui zézayait un langage enfantin. Elle lui préparait des compresses pour sa brûlure, épiait ses moindres caprices. Pour éviter les cauchemars, elle lui faisait manger la papaye avec les pépins et sucer des pétales de géranium.

Inquiète, elle l'appelait cinquante fois par jour, l'étouffait de petits soins constants. Sans égards pour sa fille, elle continuait à vouloir partager son bain.

Un soir, Serena se déshabilla devant le bain fumant, en ajoutant un peu de rhum à son eau pour la désinfecter. Eva Fuego resta un instant immobile derrière sa mère, sans retirer sa robe, regardant ses mains de planteuse agiter la mousse. Elle détailla ce corps maigre, cette taille fine, ces seins petits, ces fesses rentrées, ces cuisses fragiles. Elle n'avait jamais regardé Serena avec autant de lucidité et découvrait soudainement que le corps de sa mère, avec ses muscles étirés, son profil efflanqué, était différent du sien.

Jamais autant que ce jour-là elle n'eut la certitude que le sang d'une autre coulait dans ses veines. Tous les désaccords qui existaient entre elles lui apparurent d'un coup, le ton de la voix, le langage des mains, la façon qu'elles avaient de se tenir debout.

Elle le remarqua sans douleur ni hésitation, mais avec la tendresse des adolescentes que l'âge transforme en femmes et qui, pour la première fois, distinguent dans leur naissance l'ombre d'un secret.

À partir de cet instant, elle opposa à la bonté de sa mère une sévérité naturelle, au point de garder peu de chose d'elle. Peut-être seulement l'habitude de faire le signe de la croix sur le front d'un enfant, ou de bénir le pain avant de le couper.

Elle commença à se tourner vers les paysannes du village, car elle considérait que même une insignifiante conversation de lavandières lui en apprenait davantage qu'un repas avec ses parents. Elle passait son temps avec les femmes d'ouvriers, les glaneuses et les couturières, les maraîchères et les repasseuses, celles qui avaient eu plusieurs enfants de plusieurs maris disparus.

Eva Fuego voyait leur sein usé, déformé d'avoir tant donné, leurs omoplates saillantes, leur peau sèche. Elle les écoutait pendant des heures raconter les folies de leur jeunesse et leurs avortements clandestins. Pourtant, jusqu'à la fin, elle ne sut jamais laquelle de toutes ces femmes avait abandonné un soir, après neuf mois de silence, une boîte à chaussures dans un champ de cannes en feu.

Assises en rond, sous un arbre, celles qui ne savaient pas lire lui apprirent à interpréter l'huile versée sur la surface de l'eau, les taches d'humidité sur les cailloux, l'avenir dans des feuilles de thé au fond d'une tasse. Elles prévoyaient de cette manière un mariage, une naissance, un événement lointain.

C'est ainsi qu'un jour, en voyant la forme d'une mouette dans un bol en porcelaine, Eva Fuego sut qu'elle deviendrait une femme riche.

Bien qu'elle fût entourée de domestiques, elle battait le linge avec les femmes du peuple, accroupie sur les berges ou dans l'obscurité des lavoirs. Elle accompagnait les hommes qui chargeaient des faisceaux de cannes sur l'échine des bœufs et, comme eux, chantait le soir après la récolte. Quand des rumeurs circulèrent sur des nègres marrons qui avaient brûlé des plantations et leurs maîtres au milieu, Eva Fuego applaudit leurs révoltes.

À dix-sept ans, elle était devenue ce qu'elle serait tout au long de sa vie, une femme dont l'existence n'aurait de sens qu'en poursuivant une chimère. Elle monterait à cheval, dresserait des épagneuls, couperait des stères de bois à la hache. Le silence docile de la forêt ne l'apaisait guère, au contraire, il lui prouva que tout peut être gouverné.

Un soir, elle avait impressionné tout le monde en parvenant à caresser l'échine d'une jument sauvage. Son haleine, disait-on, avait l'odeur de la poudre.

Son désir de dominer la rendit indomptable. Elle n'acceptait que la compagnie du chien Oro. Sa loyauté et sa franchise lui semblaient dignes d'un frère.

Mais il était vieux, malade. Le temps qu'il lui restait à vivre l'affaiblissait de jour en jour. Il était si maigre qu'on pouvait lui compter les côtes comme les anneaux d'un vieil arbre. Il avait l'ouïe moins aiguisée, l'œil moins rapide, la queue moins joviale. Son poil fauve était devenu gris, maintenant ses oreilles ne se dressaient plus au moindre bruit, et il ne se léchait même plus les babines lorsqu'on lui tendait un morceau de lard.

Serena lui répétait de ne pas le nourrir inutilement. Eva Fuego ne supportait plus la vigilance exagérée de sa mère et, de moins en moins, Severo qui se rangeait toujours de son côté.

Elle ne retrouvait plus chez ses parents la complicité qui les avait liés les premières années. Ils n'étaient pas taillés dans le même bois, et cette ambition secrète et obsessionnelle, ce dynamisme irréductible qui l'habitait avec fureur, elle ne les percevait pas chez eux. En touchant la brûlure de son visage, elle sentait une blessure dont elle-même ignorait l'origine.

Un jour qu'elle entrait dans sa chambre, Serena surprit Eva Fuego en train de recoudre le bouton d'une de ses ceintures. Par réflexe, elle se précipita pour le faire à sa place.

Eva Fuego la repoussa. D'abord calme, puis agressive, elle lui reprocha son excès d'attention. Serena lui répondit qu'il n'y avait jamais d'excès en amour et lui avoua, avec de l'échauffement dans la voix, que son ingratitude la blessait.

– Je suis ta mère tout de même, dit-elle avec autorité.

Eva Fuego la fixa.

– Tu n'es la mère de personne, répondit-elle.

Serena en fut indignée. Elles se disputèrent comme jamais. Serena opposait à Eva Fuego une irritation froide, sèche, pleine de petits mots comme des coups d'épingle.

Eva Fuego restait au fond de son fauteuil. Sa peau se colora d'un ton rouge violent, ses cheveux drus s'agitaient, ses yeux pétillaient de rage comme ceux d'une gitane en colère, et ses lèvres gonflées crachaient des mots vulgaires qu'elle apprenait dans la rue. Serena l'accusa de se compromettre avec le peuple.

— C'est de là que je viens, s'écria-t-elle.

Severo s'en mêla. Il s'interposa entre les deux femmes, en prenant sa plus grosse voix pour étouffer les autres.

Afin de rétablir l'ordre chez lui, il tentait de trouver un juste milieu. Le chien Oro aboyait fort dans le tumulte. Quand Serena tapa du pied, Eva Fuego se leva d'un bond.

— Mais que faut-il faire pour être tranquille dans cette maison ? hurla-t-elle.

Puis, le visage rougi par sa cicatrice, elle ajouta :
— La brûler ?

Serena poussa un cri et se mit la main devant la bouche.

Severo s'emporta. Ces propos étaient intolérables. Désormais, sous son toit, les disputes étaient interdites, et les boutons de ceinture aussi. Il le jura sur la statue de Diane qui, selon lui, en cette époque d'infortune, était la seule femme qui sût rester digne dans cette maison.

Cette nuit-là, Eva Fuego ne dormit pas dans sa chambre. Elle alla se réfugier dans la chaude hospitalité des cabanes, dans le sein des cuisinières. Elle comprit tout à coup qu'elle ne devait rien à cette famille, et tout au hasard. Sous la clarté des lampes, dans l'odeur étouffante des amandiers, elle eut l'audace de croire que ce n'étaient pas ses parents qui l'avaient sauvée des flammes, mais elle qui les avait découverts au fond d'une ferme maladive.

XI

Vingt ans auparavant, Severo Bracamonte était arrivé avec cette figure étirée, mince et épanouie de la jeunesse rieuse qui croit en l'avenir avec une insouciante confiance.

Or, avec le temps, il s'était fermé comme un tonneau. Son rire d'autrefois n'avait laissé qu'une triste ride au milieu de la joue. Sur ses tempes noires s'était déposée une neige sale, et sa peau, livrée aux ardeurs du soleil et aux labeurs des champs, avait pris l'aspect rugueux des lézards.

Tout ce qu'il était devenu, ses gestes l'exprimaient. À la fougue de l'adolescence avait succédé l'attitude réfléchie de l'âge adulte. Il avait la voix plus sourde, les mains plus laides et cette vigueur sereine d'un corps qui connaît ses limites.

Cependant, il voulut se prouver qu'il était encore jeune et engagea de grands travaux. Il se mit en tête de restaurer le perron.

Il broya lui-même la terre, la tamisa. Il fit changer la grille d'entrée du côté de la forêt et construire un balcon en béton qui imitait le bois. Deux lagunes séparaient la maison des campines, réservées à la pisciculture. On éleva une haie de rosiers où dans chaque fleur chantait une cigale.

Quatre jardiniers travaillaient d'un soleil à l'autre. Le long de l'allée, les goyaviers furent taillés en piques, en boules, en triangles. Des maçons installèrent trois marches en pierre de taille qui descendaient jusqu'à un sentier bordé de figuiers, et Severo insista pour dérouler un tapis de graviers blancs. Il élargit les fenêtres avec des contrevents, dressa une pergola avec des balustres, et au milieu, toute polie et nettoyée, dans sa pose mythologique, la statue de Diane fut posée comme un trophée.

Personne ne se rendit compte que la statue penchait d'un côté et menaçait de s'écrouler. Elle était là, instable au milieu du perron, mais, comme l'émotion rend aveugle, on célébra la fin des travaux avec vingt bouteilles de champagne et un tonneau de rhum.

Severo fut si satisfait du résultat qu'il voulut passer une annonce à la radio pour faire venir un photographe. Serena la rédigea aussitôt, la transmit au poste, et Severo, heureux et fier, dit qu'il encadrerait la future photographie à l'entrée même du perron.

Ce fut vers cette époque que le chien Oro mourut. On déclara qu'il était décédé à deux heures du matin et ses restes furent déposés dans une boîte en bois, qui mesurait un mètre de long et vingt-cinq centimètres de large, montée par un certain Carlos Antillano, employé à la menuiserie des Marguerites.

On fit une timide procession, et le souvenir de l'Andalou fut évoqué. Eva Fuego en ressentit une tristesse profonde, si bien qu'elle ne sortit pas de sa chambre pendant une semaine.

Severo oublia assez vite le vieil Oro. La rénovation de son perron lui apporta une telle joie qu'il venait régulièrement s'y promener, désherbant les pots, arrosant les fleurs.

Un soir, alors qu'il en faisait le tour, il remarqua que la statue de Diane n'avait pas été bien installée. Comme il était tard, et que les ouvriers dormaient, il voulut la redresser tout seul.

Il la prit par les coudes, força à droite, à gauche, poussant avec le genou, quand soudain, dans un geste de déséquilibre, la statue bascula sur lui et tomba lourdement sur sa tête.

Il poussa un cri épouvantable. Des lumières s'allumèrent sous le porche, on sortit en catastrophe.

Severo avait reçu l'arc de Diane sur le front et, du cuir chevelu au menton, un long filet de sang lui descendait en ligne droite. Une immense blessure ouverte, saignant à flots, lui coupait le crâne en deux comme une pomme.

Il fallut recoudre la plaie le soir même. À moitié inconscient, Severo se débattait. On le coucha de force, on lui donna des drogues, des doses de mescal, on l'attacha avec des sangles pour l'empêcher de se lever. Ses mains brûlaient, il avait la face rouge, les yeux au plafond.

Il dormit trois jours. Serena resta à ses côtés constamment, penchée sur son lit. Parfois, il toussait, poussait des râles, se plaignait de tout. Son état empirait d'heure et heure. Il fronçait les sourcils, ne voulait pas manger. Quelquefois, au milieu de la nuit, il se dressait, torse nu, la figure livide, et de violents spasmes lui contractaient les muscles.

Serena le prenait par les épaules, le forçait à se remettre sur le dos. Elle tâchait de le calmer en l'éventant. Il retombait tout à coup en arrière et restait immobile, la bouche serrée. De sa gorge sortait un sifflement continu, grincé, comme un pressoir mal huilé. Des quintes de toux lui secouaient le corps et la blessure de sa tête se remettait à saigner.

Il fallut l'opérer une deuxième fois. Ce fut une boucherie. Serena fut saisie d'épouvante et, pendant plusieurs jours, fit des cauchemars. Elle se sentait impuissante.

On consulta des apothicaires, des pharmaciens, des sorciers. Plusieurs médecins vinrent au chevet de Severo, ils posaient beaucoup de questions, examinaient, auscultaient, rédigeaient des ordonnances, puis repartaient en tenant les mêmes propos.

– Le meilleur traitement pour lui, disaient-ils, c'est encore de prendre des analgésiques avec un verre de rhum.

À leur départ, Serena insistait pour qu'il boive entièrement ses potions. Severo rejetait tout ce qu'il avalait. Sa faiblesse augmentait. La pièce sentait le vomi.

On lui donna à sucer des racines macérées dans de l'alcool, du corail doux et des perles de Margarita. Il avait des accès de fièvre, couinait d'une voix faible, son corps se trempait de sueur. Il regardait sa femme avec une peur sans paroles, d'une façon désespérée, pendant qu'elle demandait humblement à Dieu de la patience et du courage.

Eva Fuego et elle faisaient des tours de garde. Elles changeaient son linge car il crachait du sang. Elles retiraient les bassines, ouvraient les fenêtres, assistaient Severo dans les toilettes. Le temps, heure après heure, s'étirait dans cette pièce sombre, aux odeurs de malade. Un soir, Severo cracha un gros morceau de chair mêlée à du sang en grumeaux. Eva Fuego crut qu'il rendait son cœur.

Pour accélérer sa guérison, on lui prescrivit des soupes d'ail avec des morceaux d'igname et des cuillerées de chardon béni. Serena fut alors effrayée par l'apparition de taches vertes sur sa poitrine, comme si la vie, ne voulant pas l'abandonner, l'avait livré à la moisissure.

Il parlait à peine, sa toux l'étouffait à la façon d'un tapis qu'on bat. Ses yeux hagards s'attachaient au vide et sur son front, froide, sèche, noire, enflait sa cicatrice. Il avait perdu tant de poids qu'en le levant, ses os saillaient de son bassin. Quand il passait ses bras autour du cou de Serena, sans dire un mot, ses yeux semblaient l'implorer de le laisser tomber dans un trou au milieu de la terre.

Au bout d'un mois de luttes et d'angoisses, il put manger seul. Il reprit un peu de poids, mais restait faible. Il frissonnait encore.

Severo ne donna jamais d'explications sur l'accident. Une sorte de pudeur le faisait taire. Personne ne sut jamais comment ce vieil homme avait pu renverser cette femme de marbre que trois siècles de solitude n'avaient pas ébranlée.

Il déclara dans une grande détresse :

– Les plus petits écueils font couler les plus grands galions.

Mais cet accident montra qu'il était arrivé à l'âge où l'existence est un déracinement. Son esprit, autant que son corps, s'en trouvait piétiné. Il ne se rétablit jamais vraiment, et ce moment de calme, si court, ne fut qu'un répit avant la rechute.

Eva Fuego, poussant son fauteuil roulant, se promenait avec lui dans le jardin, lui citait le nom des arbres, essayait d'attraper des papillons pour lui. Elle prit l'habitude de lui raconter des histoires de pirates et de corsaires, de chasses au trésor, pour éveiller dans son cœur les palpitations d'autrefois.

Il répondait avec ce mélange d'enthousiasme et d'égarement qui annonce les démences séniles. Sa mémoire lui jouait des tours. Quand il parlait de rhum, tout se brouillait dans sa tête, les fouilles et la statue, l'Andalou et Eva Fuego, comme des

126

images sur la surface de l'eau. Il croyait que le père Otero vivait encore. Il allait et venait sur le perron, parlant à la statue, parmi les iguanes jaunes qui cherchaient le soleil dans la fragrance capiteuse des gardénias.

Il refusa les médicaments prescrits et voulut continuer à travailler comme avant. Mais il n'avait plus la même énergie. Il s'épuisait vite, comme un vieux cheval. Sa veste, en haillons, était saupoudrée de pellicules et ses joues se creusaient sous des yeux meurtris. Ses cheveux pendaient en mèches grises, presque orange, sous un bonnet en peau de lapin.

Il semblait avoir renoncé à l'idée de vivre. Parfois, il s'agenouillait dans la boue, fouillait la terre avec le fer d'une machette et remplissait ses poches de galets et de vers. Il croyait y trouver de l'or.

Plus Serena essayait de le ramener à la raison, plus il délirait. Elle lui montrait les comptes de la production, les papiers dont elle ne pouvait s'occuper toute seule, et lui divaguait en disant qu'il fallait les soumettre à l'épreuve du feu pour qu'apparaissent les encres invisibles.

Cet homme qui avait dirigé plusieurs sucreries, qui était propriétaire de nombreux hectares et qui avait cent hommes sous ses ordres, on le voyait à présent en loques près du vieux pressoir, non loin d'un âne qui broutait, le front traversé d'une épaisse cicatrice, donnant des coups de bâton dans le vide.

Son cerveau n'était plus qu'un vieux coffre plein de poussière et d'oubli, dont il avait perdu la clé.

Il se prit à dire qu'il allait mourir et ne quitta plus son lit. Il demandait qu'on lui apportât du papier et de l'encre, et se mit à écrire des lettres sans destinataire où il cryptait les mots, modifiait sa signature, chiffrait ses déplacements avec des calculs insolites. Puis, à la lumière d'une chandelle, solitaire dans la nuit, il se penchait sur ses tours de documents comme un moine sur son prie-Dieu, continuant de chercher ce trésor dont il disait sentir l'odeur dans sa propre chambre.

Le dernier jour de sa vie, Severo Bracamonte, qui n'était pas religieux, se confessa cinq fois de suite. Il insista pour qu'on le transportât jusqu'aux champs, afin de faire ses adieux aux cannes à sucre, au vieux moulin, à l'atelier de distillerie, et revoir ses travailleurs. Il promit de veiller sur l'exploitation depuis l'au-delà.

De retour dans sa chambre, il respirait mal et s'étouffait. Des femmes pelotonnèrent des oreillers derrière sa nuque, déboutonnèrent sa chemise et remarquèrent sur son corps des taches pareilles à celles d'un pelage de léopard.

On lui tendit des cachets, il les refusa. Il voulait un dernier verre de rhum. Il montra du doigt sur une étagère une bouteille ambrée qui portait une étiquette noire, à liseré doré. Quand on approcha le verre de sa main tremblante, il s'efforça de se lever sur un coude pour boire, avec des efforts immenses, mais il sentit son cœur lâcher et dans un dernier souffle, en faisant tomber le rhum sur son drap, dit :

– Merde.

Severo Bracamonte mourut un dimanche, à l'heure où pondent les poules dans les volières. De tous ses proches, aucun ne commenta son dernier mot, comme si la vie de labeur qu'il avait menée réclamait, à cet instant, dans ce dernier moment de grâce, la faveur d'une supérieure et majestueuse injure.

On veilla le corps pendant plusieurs jours. Dans son testament, on s'étonna de lire qu'il demandait pour le salut de son âme qu'on habillât trois pauvres et qu'on les nourrît pendant douze jours.

Des hommes en blanc se chargèrent de la toilette mortuaire, enveloppèrent sa dépouille dans un suaire après l'avoir enduite de pommades et d'onguents. Ensuite, on la purifia avec de l'eau lustrale, son visage fut couvert d'amidon et sa mâchoire maintenue par des ligatures serrées.

Severo, encore frais, avait l'odeur de l'herbe coupée, toute la pièce sentait la pelouse, et lorsqu'on le recoucha sur le lit, la tête tournée vers le nord, on le trouva plus lourd. Une grande masse inerte occupa cette chambre à la place de l'être léger, dévoué et généreux, qui l'avait habitée pendant trente ans.

En signe de deuil pour son mari, Serena couvrit d'un drap tous les miroirs de la maison. Elle reçut les condoléances des gens du village et planta un aloès, comme elle avait fait à la mort de ses parents.

Elle ordonna de bâter les mules pour emporter les couronnes de fleurs au cimetière et fit appeler Carlos Antillano, le vieux menuisier qui avait déjà pris les mesures pour le cercueil du chien Oro. Le menuisier lui serra la main avec une grande gentillesse et murmura, la voix cassée :

– Aucun cercueil n'égale la taille de votre mari, madame Bracamonte. Mieux vaut l'incinérer.

Serena, femme distinguée aux idées progressistes, trouva que l'incinération était une façon d'être avant-gardiste au village, sans manquer de respect aux morts.

C'était le 1er novembre. Un soleil doré s'invitait à grandes crues. Il fit si chaud cette après-midi que les mangues tombèrent toutes les heures comme des cerises dans un verger.

Or la petite vieille ne vint pas ce jour-là. Serena se dit qu'elle était peut-être morte, elle aussi, et que l'habitation du fond resterait fermée pour toujours. Elle n'en ressentit aucune tristesse. Ce fut plutôt un constat froid, sans chagrin, comme on remarque la disparition d'un livre sur une étagère.

À quelques mètres de la maison, on installa à ciel ouvert un rectangle clair et massif, taillé dans un bois brut, voilé d'un linceul, au milieu d'un champ de cannes. On couvrit le corps d'une gerbe de gardénias et de quelques pétales de rose. Le visage de Severo était jaune comme du maïs.

Une petite foule entoura le bûcher tout au long de la cérémonie. On fit des discours, un sermon qui exalta sa bonté, son dévouement et sa générosité. Un homme vêtu de noir alluma la torche en récitant des paroles saintes, en suivant les mots d'usage, et les flammes montèrent en étincelles dans le ciel.

Eva Fuego ne resta pas jusqu'à la fin. Elle s'était tenue à distance en sachant déjà que, chaque année, elle retournerait là, le 1er novembre, pour déposer une fleur à sa mémoire.

Serena fut la dernière à partir. Elle ne pleura qu'une seule larme, grosse et lourde comme une goutte de mélasse. Une nuit la séparait déjà de celui qui l'avait accompagnée toutes les nuits. Elle se dit que dès le lendemain, à l'aube, des milliers de fourmis viendraient enlever les restes de son homme, les emportant un à un en longue procession comme on déchire une étoffe et, au premier soir de son veuvage, elle jeta dans les cendres la seule poignée de terre sous laquelle l'âme de Severo Bracamonte allait reposer.

XII

La mort de Severo coïncida avec l'arrivée du photographe pour lequel on avait passé l'annonce quelques semaines auparavant.

Il fut le premier homme à atteindre le village dans une Ford T à la carrosserie noire équipée de phares à ampoules électriques. La voiture roulait aussi vite qu'un cheval au galop et pesait autant qu'un cœur de baleine. Sur les ponts de pierre, on entendait son moteur à essence, le ronflement de ses quatre cylindres, et les lentes charrettes s'écartaient du chemin pour la laisser passer avec ses jantes métallisées.

Le photographe gagna bientôt la bâtisse et se gara sur le perron où, un mois auparavant, Severo Bracamonte avait eu son accident. L'homme, brun et petit, descendit de la voiture, sauta du marchepied en souliers vernis à boutons ciselés.

Sa peau avait une couleur d'ivoire et deux joues parfaitement symétriques soulignaient son regard candide. Ses cheveux gris étaient coupés presque à ras, et bien qu'il ait dépassé la quarantaine, une lueur vive dans ses yeux lui donnait comme une jeunesse tardive.

Serena, qui portait une voilette noire, sortit sur le porche pour le recevoir. Elle le complimenta pour son arrivée triomphale.

– Voyez les enfants du village, monsieur, remarqua-t-elle. Ils sont tous autour de votre voiture.

Le photographe remercia et se présenta sous le nom de Mateo San Mateo. Serena pensa qu'il s'agissait probablement d'un nom d'emprunt.

Elle l'invita à passer au salon. Il s'assit sur un fauteuil et, après avoir posé sa veste avec soin sur une commode, joignit ses mains sur ses genoux. D'un coup d'œil, il remarqua le capiton des meubles, l'odeur des chrysanthèmes, les draps sur les miroirs.

Il vit le voile noir de Serena, ses cernes gonflés, les couronnes de fleurs, et, sans rien savoir, lui présenta ses condoléances. Ce geste, qu'elle n'attendait pas, empourpra ses joues.

Comme la mort de Severo flottait encore dans l'air de la chambre, Mateo San Mateo fut prudent. Il parla de ses lectures, de ses voyages, des épouses qui vivaient confortablement sans leurs maris. Le monde changeait, d'après lui, les femmes étaient nées pour bâtir des villes, réaliser des chefs-d'œuvre, fonder des entreprises. Il fallait les laisser voter, leur ouvrir le parlement. Autrefois, les Gauloises faisaient des lois, les Huronnes assistaient aux conseils de guerre.

– Notre siècle a du retard, sourit-il. Un jour, vous verrez, les femmes seront présidentes.

Serena acquiesça. Après quelques échanges simples, le photographe se révéla être plus bavard qu'un naufragé qu'on vient de repêcher. Il avait un avis sur tout, s'exprimait avec une distinction rare, en ponctuant ses phrases de clins d'œil et de sourires entendus.

Il en vint à parler de son métier. Selon lui, l'essor de la photographie, depuis quelques années, avait ouvert la voie à de nouvelles activités. Lui s'était spécialisé dans les photo-cartes pour les industriels séduits par la modernité et aussi dans les portraits de famille. Ses principaux clients étaient de nouveaux riches qui palliaient l'absence d'aïeux illustres par des clichés de leurs bébés tout nus.

– Les enfants adorent être pris avec un violon dont ils ne savent pas jouer, fit remarquer San Mateo.

Serena l'écoutait avec intérêt. Bien qu'il fût plus jeune qu'elle, sa connaissance du monde l'avait mûri et le faisait paraître plus vieux que son âge.

Il abordait tous les sujets et évoquait, dans un espagnol italianisé, les intrigues de la politique, les divers courants des beaux-arts, les cycles actuels de la mode. Tout ce savoir l'impressionna. Serena avait entendu dire à la radio que la photo en couleur, en Europe, révolutionnait déjà sa pratique. Mateo San Mateo en parla avec transport, en déplorant que l'Atlantique soit aussi long à traverser que le progrès à arriver.

Alors ce furent des explications sans fin sur les techniques scientifiques, les chambres noires, les bacs et les révélateurs.

– Quand la photo apparaît dans le bain, c'est comme la naissance d'un enfant.

Ce mot enchanta Serena. Sa voix, ses gestes, son attitude, tout lui plaisait. Dans son œil brillait, comme une flamme, un mystère captivant. À n'en pas douter, c'était un être de coups du sort, de fortune et de revers, plein d'idées originales, et elle admirait son intelligence à l'aune de la médiocrité de son époque.

Il était quatre heures de l'après-midi. San Mateo dit, en artiste, qu'il voulait profiter de la lumière du jour, et sortit chercher son matériel dans la voiture.

Serena fut soulagée. Du temps qu'elle avait passé à la ferme, c'était le seul homme à être réellement venu pour l'annonce. Le photographe revint chargé d'un trépied, d'un projecteur et d'un appareil lourd qu'il soutenait à grand-peine sous le bras. Tout était brillant, neuf, chromé.

L'installation pour la pose fut interminable. Il donna des explications très savantes sur l'obturateur et l'exposition à la lumière. Il rectifia la posture de Serena et se permit de toucher sa taille.

– Ne bougez plus, dit-il.

Puis il approcha son visage du sien. Il eut une délicatesse de gentleman. Il mit sa main sur sa tempe et lui poussa légèrement la tête de côté.

Serena eut un frémissement, un vertige de sensualité. Elle en resta comme inerte, la tête penchée, la bouche entrouverte, les yeux levés. La main qui toucha sa tempe lui fit l'effet d'une boussole sur un navire perdu dans une tempête.

Le photographe dit :

– Ne respirez plus.

Mais l'air n'entrait plus dans les poumons de Serena. Elle prit la pose devant l'appareil photographique qui ne devait capturer, dans l'anonymat de ce salon, qu'une seule image de cette journée.

Une fois la photo prise, Serena plaisanta, rit et retrouva pendant une heure la joie qu'elle avait depuis longtemps perdue. Tout à coup, elle se souvint d'Eva Fuego. Elle demanda qu'on aille la chercher.

– Ma fille ne tardera pas, dit-elle.

Mais Eva Fuego, qui avait été appelée plusieurs fois, se tenait déjà immobile dans l'encadrement de la porte, comme Serena l'avait fait trente ans auparavant, le jour de l'arrivée de Severo.

Elle fixait le photographe d'un regard méprisant. Assis sur un bras du fauteuil, sans chapeau, l'air désinvolte, il avait pris des allures d'homme au foyer.

Eva Fuego s'avança vers lui et, tendant la main, la lui serra avec virilité. San Mateo fut surpris.

– Monsieur est photographe, l'informa Serena, toute souriante, les pommettes rougies.

Et elle ajouta, avec de la douceur dans la voix, comme si elle s'attendait déjà à un refus :

– Si tu voulais, nous pourrions poser ensemble ?

Eva Fuego était habillée d'un pantalon de cheval, d'une chemise qui ressemblait à une défroque et d'un chapeau de paille qui lui tombait sur une oreille. Une coupe de cheveux à la garçonne accentuait son côté masculin. Elle portait autour du cou un collier avec un pendentif en forme de bouchon de carafe à rhum.

Elle tourna ses yeux vers l'appareil, le trépied, le projecteur, et trouva que tout ce matériel prenait une place démesurée dans le salon. La voyant indécise, San Mateo ne voulut rien précipiter :

– On verra ça plus tard, dit-il.

Comme le soir tombait, Serena lui proposa de rester pour dîner. Elle demanda à sa fille de préparer un pot-au-feu. Eva Fuego sortit dans l'arrière-cour, entra dans le poulailler et attrapa une poule avec une aisance qui surprit le photographe.

Aussitôt, il souhaita se rendre utile. Il garantit qu'il avait toujours aidé les femmes à la cuisine et, relevant ses manches, tint des propos féministes. Tout le monde plaisanta en se dirigeant vers les fourneaux.

Il concluait ses phrases en disant :

– Heureusement, le monde a changé.

Ici, tout était sombre. Près du mur, un feu fragile léchait la rondeur d'une marmite. Un rayon délicat descendait d'un œil-de-bœuf. Au fond, quelques cornes de taureau creuses pendaient avec des feuilles de chou et un mortier, large, froid, ronflait au milieu de la pièce comme un monstre.

San Mateo se tenait debout, attendant des ordres. Eva Fuego lui mit un tablier autour de la taille, couvert de plumes et de grumeaux de sang. Elle serra la poule entre ses mains et, tout en fixant le photographe, lui fit avaler du vinaigre en lui tordant le cou, puis la piqua derrière l'oreille avec un couteau pointu.

La poule s'agita, se débattit en mourant, son sang dégoutta dans l'évier et son œil se voila. Ensuite, Eva Fuego la plongea dans l'eau bouillante en lui fermant d'une main les deux ailes, la pluma et brûla sa peau sur un réchaud. Enfin, elle lui coupa les pattes au niveau des rotules et retira les yeux avec ses doigts.

San Mateo fut écœuré. Pour se donner une contenance, il demanda :

– Je peux te prendre en photo ?

Eva Fuego eut un haussement d'épaules. San Mateo sortit de la cuisine et Serena le suivit pour l'aider à porter le matériel.

La poule à la main, à l'aide d'un autre petit couteau, Eva Fuego fit une incision au bas de l'abdomen. Elle en retira le gésier, vida les poumons et les boyaux, en prenant soin de ne pas percer la poche de fiel.

Elle allait tout jeter à la poubelle quand, soudain, son attention fut attirée par un objet brillant. Au milieu des entrailles, toute couverte de sang, une pierre scintillait. Surprise, elle la prit entre ses doigts et la lava à grande eau.

En l'approchant de la lumière, Eva Fuego reconnut entre ses doigts une pépite d'or, pas plus grosse qu'un grain de maïs, cachée dans l'estomac de la poule.

Elle fouilla partout autour, mais ne trouva rien. Elle déplaça les assiettes, les casseroles sales et les vieux torchons. Il n'y avait rien d'autre que des traînées de sang, des oreillons, des bouts de langue et des morceaux de chair. Cette pépite venait de l'extérieur de la maison.

Eva Fuego tourna alors son regard vers le poulailler, à travers la fenêtre, et se mit à penser que la fortune du capitaine Henry Morgan se trouvait peut-être dans les tripes de ses deux cents poules, au plumage orangé et flamboyant, qui picoraient depuis trois siècles le trésor des pirates.

Lorsque San Mateo revint pour faire son portrait, Eva Fuego cacha précipitamment la pépite d'or dans la poche de son tablier. Le photographe, en connaisseur, très enthousiaste, dit qu'il tirerait un cliché classique en quart de plaque, d'une grandeur de dix centimètres, et qu'on retrouverait dans ce portrait de femme toute la simplicité et la noblesse de la paysannerie.

Il fit remarquer d'un ton où perçait surtout de l'amour-propre :

– La simplicité plaît aux hommes compliqués, n'est-ce pas ?

Il assura même qu'il mettrait la photographie dans un cadre en or. Quand elle entendit le mot « or », Eva Fuego frémit. Elle serra sa pépite dans son poing, muette, et quelque chose de puissant s'éveilla en elle.

Le lendemain, elle se leva avant sa mère et se dirigea vers le poulailler, sûre d'avoir trouvé le trésor. Le jour s'installait doucement. Les poules, affolées par sa présence, sortirent dans la cour en se donnant de bruyants coups de bec.

Eva Fuego inspecta le sol, souleva les planches, se pencha, mais il n'y avait rien en dessous. Elle souleva la toiture recouverte de toile bitumée pour voir s'il n'y avait pas un double fond. Elle passa ses mains partout, dans le pondoir, la mangeoire, l'abreuvoir. Comme le poulailler était sur pilotis, elle se coucha pour regarder sous le plancher, mais ne trouva que de la terre et du sang remués par la pluie.

Tout à coup, elle découvrit un trou dans le grillage par où les poules semblaient s'échapper. Elle suivit les traces de pattes et de plumes qui jonchaient le sol. Les marques faisaient le tour de la ferme en longeant une vieille clôture et menaient jusqu'au portail de l'aile droite.

Derrière la maison, tout était laid. Il était évident que seuls des lézards et des rats habitaient ces lieux. Une ouverture dans le mur dégageait une odeur de fiente et de cave. Eva Fuego s'accroupit.

C'était l'entrée d'un tunnel qui, après un étroit goulet, tout juste assez large pour s'y glisser, s'élargissait une dizaine de mètres plus loin.

Eva Fuego s'y faufila, à plat ventre. Elle rampait précautionneusement dans le passage obscur en forme de col. Elle s'attendait à tomber sur un cul-de-sac, mais le tunnel continuait, toujours plus en avant sous la terre. Bien que la galerie fût serrée, plus sombre et humide, elle parvenait toutefois à avancer en poussant son corps à l'aide de ses coudes, les parois l'enserrant aux épaules.

Son cœur se mit à battre follement. La peur la gagnait. Elle progressait sur un sol de caillasses et de paille retournée, dans une odeur fétide d'œufs pourris. Parfois, son dos râpait le plafond et elle devait pousser avec son bassin pour se dégager. En vain, elle tendait l'oreille et guettait quelques instants le sifflement des oiseaux pour mesurer la distance parcourue depuis l'entrée.

Elle ne percevait plus que l'écho léger de sa respiration. La galerie souterraine se creusait en étroites sinuosités, s'enfonçait comme un serpent noir, et Eva Fuego avait si peur d'un éboulis qu'elle s'arrêtait à chaque mètre pour épier le moindre craquement de la terre.

Elle jubila quand elle aperçut, au fond de la cavité, une lueur grise qui tombait d'un puits de lumière. Quelques mètres plus loin, elle atteignit une brèche. Elle sortit la tête, en forçant avec ses bras, et découvrit que le tunnel débouchait sur une pièce triste, entièrement meublée, qui ressemblait à une chambre au milieu d'une demeure.

Elle comprit très vite qu'elle se trouvait dans sa propre maison, dans l'habitation interdite, où la petite vieille venait s'enfermer tous les 1er novembre. Le papier mural était jauni et les vêtements rongés par les mites. Sur le bureau avaient été laissés des cigarettes séchées, une gourde trouée, des bouts de chandelles, du vin de cannelle et une clé dont la serrure n'existait plus.

Eva Fuego remarqua des planches éventrées qui laissaient voir, au milieu de la pièce, un trou immense, d'où montait une lumière mystérieuse. Elle approcha sa lampe et distingua un désordre d'antiquités, jetées pêle-mêle.

Là, dans des caisses et des sacs de cuir, s'entassaient des centaines de ducats, de doublons, de louis, de thalers, des draps d'or, des ciboires, des ostensoirs et des calices. Elle vit apparaître de la vaisselle en nacre, des diadèmes de topazes et, dans des coffres en cèdre, des cornalines, des rubis et des pierres brutes, des centaines de couronnes du Mexique, des épées et des dagues, des baudriers et des rondaches, des insignes des armées romaines. Le sol était jonché d'anneaux et de patènes, de candélabres, de chapelets de clochettes, et au centre, une statuette d'un mètre d'or avec un pectoral de huit cents livres et une chasuble incrustée de diamants.

On eût dit que devant elle se rassemblait tout l'or du continent, de l'Amazonie à Ushuaïa, du flanc des Andes aux côtes du Brésil, de l'Araucanía au Venezuela. Là confluaient, comme les ruisseaux d'un grand fleuve, l'argent de tous les ports, les pièces des monastères, l'impôt de toutes les provinces, l'orfèvrerie des seigneuries, les réserves de toutes les banques et la bourse des princes.

Eva Fuego s'assit par terre, les mains tremblantes. Elle se sentit trahie. Le trésor de Henry Morgan avait toujours été là, sous leurs pieds, derrière cette petite porte, où la vieille femme s'était moquée d'eux pendant des décennies. Elle avait su avec le temps se rendre invisible, devenir une anonyme, une passante, une intruse dont on ne se soucie guère.

Eva Fuego observa tout cet or avec des yeux hallucinés. Elle douta qu'il y eût assez de mots pour le décrire. La majorité des objets lui étaient inconnus. Elle s'étonna du diamètre des couronnes et des riches montures des bijoux. Elle détailla les arabesques des candélabres, les rouages diamantés des horloges.

Mais de toutes les pensées confuses qui s'entrechoquaient dans sa tête, elle ne parvint pas à chasser le souvenir de Severo Bracamonte. Devant cet éblouissement, Eva Fuego ne put réellement croire que cet homme admirable et déterminé avait dormi pendant quarante ans au-dessus du trésor qu'il avait cherché toute sa vie.

XIII

Eva Fuego découvrit l'or dans la maison au même moment où l'on découvrait un gisement de pétrole dans l'ouest du pays. Il sortit comme un minotaure des profondeurs de son labyrinthe et, rapidement, des sociétés se fondèrent pour l'exploiter. Il ébranla les conditions économiques, des immigrés vinrent de partout, l'exploitation commença et les capitaux se chiffrèrent très vite par millions.

De toutes parts arrivèrent des ingénieurs et des scientifiques, pour perforer et étudier. L'ancienne économie basée sur le maïs, la cassave, le coton, le tabac, se vit bientôt remplacée par une industrie pétrolière. Les exportations dépassèrent celles du café et du cacao. On fit des extractions et, en peu de temps, une monoproduction nationale commença.

Cette même année, on installa sur la place principale le premier bureau de poste, blanc et rouge, avec une plume ailée en bas-relief. Un réseau de relais s'organisa dans le pays et facilita le transport, ce qui permit au courrier d'arriver plus vite.

C'est ce bureau qui reçut les deux seules photographies que devait voir le village. La première représentait Serena Bracamonte, debout dans le salon de sa maison, sans sourire, le chignon serré en demi-queue, vêtue d'une robe si rigide qu'elle paraissait en bois. La deuxième, c'était le portrait d'Eva Fuego, imperturbable derrière la table de cuisine, les mains tachées de sang et de plumes, le regard noir de solitude. Ces photographies avaient été envoyées par Mateo San Mateo depuis la capitale, accompagnées d'une note à l'intention des deux femmes, où il manifestait en d'interminables formules sa sincère gratitude.

Serena détailla le timbre, lut le tampon de la poste et lui répondit avec courtoisie par une lettre de remerciement, glissée dans une enveloppe bleue.

Une semaine plus tard, San Mateo lui adressa un mot où il la remerciait de le remercier et y joignait une carte postale qui représentait un boulevard de la capitale. Au dos de cette carte, il y avait inscrit, dans une écriture serrée, avec une audace familière, *mi casa es tu casa*.

Serena lui renvoya une lettre plus longue où elle feignait de s'intéresser aux enseignes du boulevard et se permettait de donner quelques nouvelles de la ferme.

Ainsi, une correspondance s'engagea. Elle commença par des curiosités sur l'ambiance de la ville, des anecdotes citadines, des renseignements pratiques. De la photographie, ils passèrent aux livres, à la peinture, à la musique, puis un échange continuel de lettres s'établit où s'égrenaient des citations de moines et d'écrivains célèbres.

Chaque lettre était la joie d'une découverte. Serena les recevait dans le plus grand secret, allant elle-même les retirer au bureau de poste, les lisant en cachette sur le chemin du retour.

Elle en jouissait comme d'un hommage clandestin. Elles la saisissaient d'une impatience qu'elle n'avait pas ressentie depuis l'époque des annonces d'Esmeralda Cadenas.

San Mateo avait une écriture aussi fine et délicate que lui. Sa lignée était ancienne, documentée par un biographe italien. Il citait comme intimes des artistes illustres. Ses qualités étaient plus apparentes que ses défauts. Il avait une clarté d'esprit qui le rendait libre, une candeur qui le rendait heureux, et Serena buvait ses mots, la tête un peu penchée, le sourire aux lèvres, assise près de la jardinière, à l'ombre d'un tamarinier.

Quand le temps du deuil fut passé, Serena devint plus séduisante que jamais, plus pétillante, à tel point que ce regain de jeunesse et de fraîcheur fit parler d'elle dans le village. Les circonstances de l'apparition de San Mateo lui avaient fait oublier celles de l'enterrement de Severo.

Elle constatait au milieu de sa vie une nouvelle existence, riche de poésie et d'ambition. Petit à

petit, elle avait l'impression de sortir de l'anonymat, de l'isolement où ses ardeurs s'étaient
enfouies, couvant ses enchantements, dévoilant ses
secrets, avec l'innocente application des femmes
qui échappent à la fatalité.

À cette époque, Serena prit l'habitude de porter
un petit châle brodé sur ses épaules et des lunettes
en demi-lune pour faciliter la lecture. Un jour, dans
une lettre, elle confessa qu'elle avait passé sa vie
à s'ennuyer et en vint à parler de son quotidien,
fait de platitudes et de comptabilités fastidieuses,
en se plaignant souvent du métier de liquoriste.

Elle souhaitait vivre dans un monde sans tonneaux ni bouteilles, où elle serait libre d'aborder
les grands thèmes classiques, où rien n'entraverait
sa quête du bonheur, où elle vaincrait la fuite du
temps, où tout serait amour.

Dès lors, l'amour entra dans leur correspondance
comme de l'encre. Ils y revenaient sans cesse, utilisant des mots comme « passion », « sentiment »,
« ardeur ».

Elle lui demandait si l'on pouvait aimer plusieurs
personnes en même temps. San Mateo répondait que
les hommes avaient, hélas, ce talent indiscutable.
Il tâchait de s'exclure de ce cercle en évitant à la
fois de parler de son passé et de compromettre
son avenir. Et Serena, posant ses yeux sur ces
feuilles où il avait posé les siens, éprouvait l'illusion de comprendre cet homme, sans véritablement
le connaître.

Alors, elle s'enfonça dans un monde peuplé de révélations et d'aveux intimes. Elle avoua tout, ses lassitudes, ses angoisses et ses attentes. San Mateo recevait ce flot de confidences sans les juger, comme une chose normale et nécessaire. Ses conseils étaient nobles, ses réponses délicates. Des choses les plus simples, il faisait des vérités absolues.

Serena se prit à rêver d'une autre vie qui serait folle et intrépide, où il y aurait des continents à explorer et des moulins à combattre.

– Vous êtes une donquichotterie, lui écrivait-elle.

Elle désira tout savoir de lui. Elle voulut jusqu'à s'habituer à son intelligence pour qu'elle lui parût naturelle.

Elle ne pouvait s'empêcher de se revoir quelques années auparavant, livrée au vide, assise dans sa chambre, pressant ses fleurs, pendant de longues heures, si bien qu'en février, lorsque vint la récolte des cannes, il fallut attendre avant de remplir les barriques car, ce jour-là, elle venait de lire dans une lettre de San Mateo cette phrase :

Je boirais un tonneau de rhum pour la récompense de ton cœur

Ce fut comme une révélation. Elle ne douta plus. Elle saisit un papier parfumé et lui ordonna, avec une hardiesse admirable, pleine d'élan et de résolution, de revenir à la ferme. Elle lui dit de venir la chercher, de l'enlever de sa maison, de l'arracher à elle-même.

Elle attendit plusieurs jours la réponse de San Mateo et enfin elle reçut une lettre où, sur le papier jaune, il avait écrit ces deux seuls mots :

– Pourquoi moi ?

Alors elle répondit, après un long intervalle de temps, d'une assurance qui la rendit majestueuse :

– Parce que tu es la seule personne au monde qui ait failli m'exploser le cœur en m'effleurant la tempe.

San Mateo fit alors ce deuxième voyage jusqu'à la ferme. Il arriva vêtu d'un costume d'alpaga, avec des guêtres et des gants de soie plaqués sous l'aisselle. Il s'était mis une pointe de rose sur les lèvres pour en aviver leur couleur. Sa barbe était soignée, et une torsade de linge blanc sortait de sa veste avec une odeur de talc.

Lorsque Serena entendit le vrombissement du moteur, les coups de klaxon, les enfants qui jouaient autour de la voiture, elle comprit que sa vie serait différente. Elle le découvrit d'un coup, à l'instant où elle descendit le chercher sur le perron, impétueuse comme un fleuve, habillée d'une robe de soie bleue qui mettait en valeur sa figure.

Elle avait piqué une branche de cerisier dans son chignon et noué un élégant collier de fleurs en cire que sa mère avait arraché à la misère. L'habitude de jouer les grandes dames lui avait donné un air de distinction naturelle et sa peau n'avait pas souffert de trente années de fard. Elle avait quelque chose d'une duègne espagnole.

En voyant San Mateo, Serena fut certaine de faire le bon choix. Elle contempla une dernière fois les carrés de cannes à sucre sur les pentes de la colline, la lumière caramel qui descendait vers la forêt, la silhouette lointaine du moulin à sucre.

Sa vie avait poussé dans cet endroit blotti dans la vallée, dans un décor qui l'étouffait. Il lui fallait un mouvement, un envol. Ce n'était pas un caprice, c'était un droit. Personne n'avait attendu l'amour comme elle, au fond de cette ferme isolée, qui enfermait l'épanouissement de son être.

Elle quitta ainsi la terre de son enfance comme on embrasse un rêve, par cette fuite, par cet exil. Il y avait tant de détermination dans son regard qu'Eva Fuego n'essaya pas de la retenir.

Les adieux furent sans déchirement ni chagrin. Ce départ, à leurs yeux, était une renaissance. Le destin d'Eva Fuego commençait là où finissait celui de Serena. Elle éprouva brusquement le bonheur de la solitude, certaine à présent de pouvoir se livrer à sa passion secrète.

Eva Fuego revoyait encore ce trou au milieu de la chambre, les planches éventrées et le trésor jeté là, poussiéreux, retourné dans l'ombre.

— Tu m'écriras, n'est-ce pas ? demanda Serena, le visage en larmes.

Eva Fuego souriait. Elle était aussi muette et fermée que le coffre lui-même. Tandis que sa mère la serrait dans ses bras, la couvrant de mots doux, elle essayait de calculer dans sa tête la valeur de son or.

Elle établissait des plans de cache, tout ce qui supportait l'humidité, les pierres précieuses, les bibelots, les bijoux, pourrait être enseveli sur les berges du fleuve, à dix pieds sous terre, de telle sorte que nul ne puisse en sonder la profondeur. Quant aux objets qui craignaient l'eau, les étoffes, les papiers, les soieries, ils seraient enterrés en terrain sec, dans des crevasses étroites. Elle dresserait un registre de chaque ciboire, de chaque perle, de chaque joyau. Elle ferait la liste des différentes monnaies, des tonalités d'éclat, et distinguerait l'or de la pyrite de cuivre, à l'aide d'un flacon d'eau régale.

Serena pleurait, sanglotait, promettait toutes sortes de choses, pendant qu'Eva Fuego se disait en silence que, comme la porte de la chambre au trésor grinçait, il fallait la faire taire avec une goutte d'huile.

Serena la regarda droit dans les yeux :

– Tu es maintenant la femme de la maison.

Eva Fuego voulut lui répondre qu'elle était maintenant la femme de ce monde. En secret, elle savait qu'elle ferait des hommes ses sujets, du village son royaume. Elle aurait la puissance de l'excès, le goût de l'impossible, comme un horizon de fièvres, et une voix intérieure lui chuchoterait le discours des reines.

Ce jour-là, sans ancêtre ni héritier, Eva Fuego rejoignit, au moment du départ de Serena, la race des fauves qui ne connaissent pas de limite, de ceux qui, livrant combat contre eux-mêmes, étreignent plusieurs vies en une seule existence.

XIV

Après la mort de Severo Bracamonte et le départ de Serena, Eva Fuego prit le contrôle de la ferme. Elle continua l'entreprise qu'avaient commencée ses parents, alors en pleine prospérité. À la manière des pirates qui plaçaient l'argent de leurs pillages dans des propriétés terriennes, elle investit son trésor dans la plantation familiale et engagea un commerce qui, bien des années plus tard, passait encore pour un modèle.

D'abord, elle entoura les hectares de cannes à sucre de barrières traçant une frontière. Les cultures s'étendirent bientôt jusqu'à l'autre berge du fleuve où elle avait acheté, à la surprise de tous, de nouveaux terrains.

Tout le monde imagina que les fonds provenaient de son héritage. Or, personne ne soupçonnait que, chaque nuit, Eva Fuego soulevait lentement ses paupières brunes, descendait au salon, une lanterne à la main, et se dirigeait vers l'habitation du fond.

Elle avait changé la serrure dont une lourde clé pendait à son cou. Avant d'ouvrir, elle promenait un regard inquisiteur dans tous les coins pour s'assurer d'être seule, puis tournait la clé sans faire de bruit.

À l'intérieur de la chambre, avec une forme de jouissance, Eva Fuego se penchait au-dessus du trou et plongeait ses mains dans les richesses de son trésor, emportée par une enivrante avarice, remplissant des sacs, les courtes mèches de sa chevelure tombant sur la cicatrice de sa tempe.

Une colonne à plateau fut importée d'Europe et remplaça les anciens alambics. Cette machine moderne arriva avec deux énormes cylindres qui facilitèrent la fermentation des mélasses. La vapeur fit tourner les moulins. On installa un petit train pour transporter les cannes, et tout ce gain de temps améliora la qualité des eaux-de-vie.

Dans la ferme, Eva Fuego éleva des terrasses, fit aligner des haies de palmiers et agrandit les réserves. Elle ne déléguait rien, surveillait tout, dirigeait les ateliers, assistait aux filtrages, conseillait les travaux. Elle était partout à la fois.

Sur la rivière, elle édifia un pont qu'elle inaugura elle-même. Les marais furent asséchés, les routes pavées, les digues levées. Ce commerce en pleine expansion faisait vivre deux cents ouvriers, requérait les services d'au moins cinquante artisans tonneliers et d'une trentaine de piroguiers.

Les bœufs, les vaches, les moutons, tout se multiplia. Les moissons rapportaient de bons rendements, et les élevages des profits avantageux. Elle fut la seule femme de la région à parler en « heures carrées », c'est-à-dire en heures qu'il faut à un cavalier pour parcourir une parcelle. Les autorités lui attribuèrent des terrains qui s'étendaient à perte de vue.

Les granges, les réserves à grains, les labours surgissaient de toute part. Des dizaines de bûcherons furent engagés pour ravitailler les moulins et s'occuper de la scierie. Les coupeurs de cannes venaient des villages voisins, attirés par la prospérité, prêts à travailler jour et nuit pour doubler leur salaire.

Afin de s'attirer les faveurs de l'opinion, Eva Fuego finança les travaux publics de la commune. Elle embaucha un paysagiste qui, à la lisière de la forêt, là où l'on ne trouvait que des terriers et des marécages, dessina un jardin à l'anglaise, qu'il rythma par de larges courbes, composé d'arbres d'essences différentes et entouré d'une rotonde de noisetiers.

Eva Fuego fit aussi élever un pavillon à colombages, aux murs de terre battue, où se jouaient des spectacles populaires et des pièces de boulevard montées par des ouvriers. Un public de coupeurs et de glaneuses s'entassait sous ce nouveau chapiteau, après les journées de fatigue, pour venir applaudir les joutes de Florentino et du Diable.

Pour rendre hommage aux croyances traditionnelles, elle versa un tonneau de rhum sur le sol, en invoquant les esprits de la *santeria*, puis organisa des processions en l'honneur de saint Benito et de saint Expedito, un saint noir et un autre non reconnu par l'Église.

Pour plaire aux catholiques, elle fut la première à financer le débroussaillage autour des chapelles et à restaurer les fosses des cimetières. Elle offrit même à l'église une cloche en bronze que l'on avait fondue avec les canons de l'Indépendance.

Elle fit curer la rivière. Elle en dévia une partie pour installer une écluse et un moulin à eau afin de produire sa propre énergie. Les tonneaux pleins de rhum étaient roulés jusqu'à des camionnettes qui faisaient la navette entre la ferme et un petit port d'où ils étaient acheminés en pirogue vers les entrepôts des acheteurs.

Comme Eva Fuego fabriquait un produit de haute qualité et à un bas prix, elle devint rapidement la première à fournir les restaurants de la région. Presque toutes les bouteilles que l'on trouvait à leurs tables provenaient de sa distillerie.

Mais la concurrence entre les marques devint agressive. Il fallut songer à des étiquettes alléchantes afin d'attirer la clientèle.

Elle organisa un concours des meilleurs graphistes et illustrateurs de la région. Sur sa table apparurent des étiquettes avec l'océan déchaîné, la femme créole aux seins nus, le profil de l'amiral Nelson, mais celle qui retint son attention fut une petite estampe grise, sans ornement ni palmiers, où se tenait debout, au-dessus d'un tonneau renversé, le capitaine Henry Morgan, une bouteille à la main.

Le tirage fut immense. Eva Fuego y afficha la raison sociale de son entreprise et la mention « vieux rhum ». Elle mit des réclames partout, fit fabriquer des cendriers à l'effigie de sa marque, des carreaux de faïence, des couteaux, des porte-clés, des tapis de jeu et les premiers posters.

Elle rencontra ceux qui travaillaient dans la chaîne du rhum, depuis la canne coupée jusqu'à l'illustration des dessous de verres. Elle donnait des ordres stricts, se montrait sans pitié face aux abus, souriait peu, ne s'excusait jamais, et l'on devinait dans cet être retranché tout ce que l'on ressent chez les êtres destinés à la fortune.

Elle perdit sa féminité, ne portant plus que des bottes de pluie, des gants usés, et un foulard fripé dont elle entortillait les pointes. Elle avait un petit étui de cuir qu'elle attachait à sa ceinture où elle disait mettre ses charges de poudre, mais tout le monde savait qu'elle y mettait son or.

Son visage s'était durci, ses traits resserrés, la brûlure de sa tempe mangeait son sourcil gauche à présent. Son physique était fait de nerfs tendus, d'artères gonflées, de cuirs cousus. Elle ne mettait jamais de parfum, exhalant naturellement l'arôme agricole des champs.

À l'église, ou sur la place publique, on la saluait avec un sourire craintif, plein d'appréhension et de distance. On aurait dit, à voir la sévérité de sa figure, qu'elle préparait un coup d'État dans son village. On parlait d'elle comme d'une créature suprême, et, comme pour les idoles, la rumeur estampait ses traits sous le voile pieux de la fable.

Il y eut un soir une attaque de bandits qui, dans les réserves, ajoutèrent dans les barriques de la poudre à canon et y mirent le feu. Ils avaient agi sous les ordres d'un propriétaire de rhumerie, un certain John Kinloch, latifundiste britannique, qui avait trouvé ce moyen pour augmenter ses parts de marché.

Eva Fuego prit une décision secrète. Bien qu'elle sache l'efficacité des armes à feu, elle craignait les luttes locales, les soulèvements populaires, les émeutes difficiles à étouffer. Quelques jours plus tard, John Kinloch disparut sans bruit. On ne retrouva son corps que dix ans plus tard, parfaitement bien conservé dans l'alcool, à l'intérieur d'un vieux baril dans la cave d'Eva Fuego.

Elle devint une légende et ne sortit plus sans escorte. Elle éleva un nouveau mur de trois pieds d'épaisseur autour de la maison principale. Une guérite défendait l'entrée et deux géants des Îles furent affectés à la surveillance de la propriété, faisant de continuelles rondes de nuit. Les gardiens des hangars avaient ordre de tirer dès que passait une ombre, des vigiles avec des chiens patrouillaient, et on fit porter des uniformes aux paysans, une chemise bleue et un pantalon passepoilé de jaune.

Bientôt, il fallut importer. On lui reprocha de se fournir à l'étranger en outils et semences, et de négliger les produits locaux. Elle fit venir du fromage de Savoie, du Tabasco du Mexique, des pruneaux d'Agen et du vin de Bordeaux.

Les camionnettes chargeaient et déchargeaient quotidiennement des caisses de marchandises. On servait chez elle, à sa table, tous les soirs, des cuisses de grenouilles, des escargots de Bourgogne, des jambons d'York, mais aussi des conserves venues de Miami qui donnaient aux asperges et aux petits pois un même goût de fer-blanc.

La production de rhum devint si importante que les récoltes ne suffisaient plus. Il fallait acheter de la mélasse aux planteurs voisins pour les besoins de la distillation. Eva Fuego se déplaçait en voiture, laissant sa maison à la garde de quelques fidèles. On disait qu'elle parvenait à suivre à distance le travail de ses ouvriers rien qu'en lisant les rides de l'eau à la surface d'un vase.

Mais alors que tout le monde la croyait loin, concentrée dans ses affaires, Eva Fuego passait la majorité de son temps dans l'obscurité de la chambre interdite, à compter son or. À quelque heure du jour, elle se retrouvait là, la main perdue dans des sacs en cuir, remplis à rompre, scintillants de mille feux, à estimer l'étendue de sa fortune qu'elle redistribuait à son profit, dans son ambition délirante.

La nuit, elle se retrouvait seule sur le perron, assise sur la bergère, avec cent pièces sous sa robe, comme si elle montait la garde à bord d'un navire naufragé au milieu de la mer. Elle contemplait jusque tard les sombres champs depuis la balustrade, le lent courant du fleuve noirâtre où des enfants s'amusaient, les pieds dans le pétrole, à nourrir un triste perroquet. Elle semblait attendre du destin un éblouissement dont elle-même ignorait la nature.

Alors, elle partait se coucher à l'étage, regardant la lune éclairer le jardin de haies, dans la pureté de l'air et l'épaisseur de la nuit, avec l'arrogance de s'endormir sur cent kilos d'or cachés entre les jambes.

Au sommet de sa vie, elle était plus que jamais une femme aussi forte qu'insaisissable. On ne la contredisait jamais. Elle calculait rapidement, tenait sa parole, soudoyait habilement. Elle cultivait les relations fructueuses et pourchassait les mauvais payeurs.

On ne lui connaissait pas d'alliance au doigt, bien qu'elle ne donnât jamais sa main à baiser. Elle ne voulut pas se marier, considérant avec mépris les tâches domestiques. Pour elle, une alliance au doigt était comme une chaîne au cou. Libre, elle n'était fidèle qu'à la liberté.

Eva Fuego avait déjà sept ateliers de distillerie et comptait plus de quatre cents ouvriers, quand une guerre éclata dans un pays voisin. Au front, l'alcool, mélangé à du coton et à de l'éther, entra dans la fabrication de la poudre à canon.

Plus la guerre devenait meurtrière, plus fleurissait le commerce d'Eva Fuego. Il fallait du rhum pour désinfecter les blessures, pour anesthésier les amputés et pour remonter le moral des troupes avant les assauts.

On la considéra comme une criminelle, une profiteuse, on l'accusa de parasiter les conflits étrangers. Mais malgré cette réputation controversée, la prospérité de ses usines en attirait d'autres et la région se remplit de marchands, d'éleveurs, de fabricants. Ici et là, elle créait de nouvelles entreprises dont elle prédisait les bénéfices.

Rapidement, elle doubla sa clientèle et put monter une sucrerie. Elle eut même le projet de fonder une chaîne de bars, de créer une officine pour la restauration des patrimoines, des écluses, des pistes, permettant à tous ces décors qu'en une décennie s'élève sous les Caraïbes, dans ce siècle de démesures, un de ces tableaux fous et extraordinaires que seuls les tropiques peuvent faire naître.

XV

La rumeur de la réussite d'Eva Fuego refit parler du trésor de Henry Morgan. Elle attira des hommes qui venaient établir des campements de fortune au bord du fleuve. L'eau jusqu'aux genoux, ils prenaient les rivières d'assaut en lavant les graviers avec une grosse pompe, lançaient des sondes et tamisaient la vallée. Comme ils manquaient de moyens, ils cherchaient désespérément des soutiens pour financer leurs expéditions.

Le contrat était simple : l'un donnait les informations et l'autre l'argent. Les plus habiles frappaient à la porte des bourgeois locaux, la bouche pleine de fables, éveillant leurs envies d'aventure. D'autres trouvaient parfois des âmes charitables qui, croyant aux légendes, mettaient leur fortune au service d'une expédition hasardeuse.

Eva Fuego pensa tirer des bénéfices de cette situation. Elle constitua une société de vingt mille actions à dix pesos qu'elle mit en vente, afin de rassembler le plus grand nombre de signataires et recueillir toutes les informations existantes sur les trésors de la région.

Elle s'entretint avec des responsables d'associations, rendit visite à des spécialistes, mit à profit les plans de Severo Bracamonte. On disait qu'une aristocrate avait autrefois levé d'énormes fonds pour une expédition dont les contributeurs avaient récupéré vingt fois la mise de départ quand ils avaient découvert un galion espagnol, avec de l'or plein les cales.

Au bout d'un mois, une Compagnie de Chasseurs de Trésors débarqua pour financer la prospection des sols. Une caravane de voitures entra dans le village un 1er novembre.

Vingt hommes et quatre familles en sortirent dans un immense nuage de poussière. Ils parlaient tour à tour anglais, allemand, espagnol, français. Eva Fuego les attendait sur le perron, le visage impénétrable.

Avec la même indifférence que Serena Otero avait observé, trente ans auparavant, le jeune Severo s'avancer vers le ponton de la ferme par le chemin des goyaviers, fier et hardi, et avec la même méfiance que Severo Bracamonte avait vu, quelques années plus tard, l'Andalou apparaître à cheval sur le seuil de la maison, Eva Fuego, femme riche et respectée, contemplait aujourd'hui, du haut de son perron, cette Compagnie intrépide qui marchait vers elle.

L'arrivée de la Compagnie fit un remous historique au sein du village. Les nouveaux venus avaient des bâtiments préfabriqués et conservaient leurs provisions dans des glacières. Ils possédaient un groupe électrogène pour faire fonctionner des radios portatives, des talkies-walkies et des détecteurs.

Un millionnaire du Kansas, gras et bavard, qui souhaitait assouvir une passion adolescente, avait mis à disposition cinq marteaux-piqueurs et un puissant compresseur. Il y avait aussi un vieux couple, le visage couvert de rides, les bras pleins de veines noueuses, parlant avec un fort accent allemand. Plusieurs Français du nord, vêtus de vestes en cuir, à la peau délavée, presque grise, avec sur le torse des tatouages bleus. Des jeunes filles, venues pour s'amuser et s'enrichir, qui riaient de tout. Des scientifiques, hommes et femmes, des préleveurs de mesure, et même un réalisateur de cinéma qui voulait tourner un documentaire et avoir l'exclusivité des images de la découverte.

On s'accorda sur la portion de terrain qu'il fallait prospecter. Elle s'étendait sur cent hectares et suivait curieusement les contours de la propriété d'Eva Fuego. Les vieux plans et les cartes de pirates n'étaient plus nécessaires, la Compagnie faisait confiance aux spécialistes qui prélevaient par forage des échantillons de terre pour les soumettre à des examens électromagnétiques.

Rapidement, ce petit monde s'installa à quelques dizaines de mètres de la maison. Les flancs de la colline se hérissèrent de fils de fer, de piquets et de drapeaux de couleurs.

On aplanit d'abord le terrain pour pouvoir passer l'appareil de détection. Dès que son aiguille s'affolait, les hommes pris de frénésie se mettaient à creuser. Tout n'était que rire et fête. Le milliardaire se faisait filmer en creusant, et les jeunes filles pouffaient entre elles dans leurs jupes.

Un jour, l'aiguille se tordit si bien que chacun voulut prendre la pelle pour être le premier à déterrer le coffre. Mais à la place du trésor, on ne découvrit qu'une boîte à biscuits en fer-blanc et un plomb en or de fusil de chasse.

Le soir à table, les compagnons racontaient mille histoires de boucaniers. C'étaient des chercheurs d'or en pantoufles, des lecteurs de romans de piraterie, qui n'avaient jamais réellement poursuivi un trésor. L'Allemand à la voix forte avançait avec des gestes pompeux que personne n'avait encore retrouvé le galion de l'Invincible Armada, sous les sables de l'île de Terschelling, dans la baie de Tobermory, épave estimée à trente millions de ducats. Un Français de petite taille, au regard vif, parla des coffres de San José, coulés par les Anglais en 1708, au large de Carthagène.

Le milliardaire du Kansas tira sur un cigare, en nasillant à propos de la Flotte d'Argent, au fond de la rade de Vigo, dans l'anse San Simon, près du pays d'Ophir. Deux jeunes filles, qui paraissaient être sœurs, rapportaient en se coupant la parole que, sur l'île de Bourbon, plus précisément dans la plaine de Butor, des tonnes d'or avaient été enterrées non loin de l'église Sainte-Clotilde.

Quand on évoquait la fable de Henry Morgan, tout le monde poussait un soupir, certains se tournaient vers la campagne, songeurs, en rêvant aux frères de la côte.

Eva Fuego écoutait sans un mot. Son visage ne trahissait aucune émotion, mais son cœur était plein de perfidie. Elle seule savait où se trouvait l'endroit exact de ce trésor que la Compagnie entourait de légende. Elle seule détenait la vérité en prenant un plaisir pervers, à la fin du repas, à les encourager à poursuivre leurs recherches le lendemain matin.

Puis elle rentrait chez elle, fermait la porte de sa maison à double tour, et se glissait dans l'habitation du fond, le visage pâle, le dos courbé, plongeant ses yeux noyés d'une morne révolte dans la lumière de son or, et le murmure de son orgueil.

Au bout d'un mois, l'argent versé par la Compagnie fit jaser dans le village. On questionnait Eva Fuego sur la provenance de ses fonds et sur l'honnêteté de son commerce.

Pour se défaire de toute accusation, elle finança le premier tramway, dont la ligne fut tracée dans la rue principale. Ce fut à la même époque que l'on installa la première horloge sur le fronton de la mairie, afin que le temps ne soit le privilège de personne.

Eva Fuego poussa le cynisme jusqu'à faire graver une plaque de cuivre où elle annonçait que, si le trésor était découvert, il devait être partagé entre tous les habitants du village.

Les compagnons montrèrent leur impatience. Ils exigeaient d'Eva Fuego des plans plus détaillés, des cartes plus précises, et allèrent même jusqu'à douter de l'existence du trésor. Eva Fuego protesta.

On fit appel à des avocats. Une partie de la Compagnie voulut retirer ses parts, exigea un remboursement, mais les actionnaires découvrirent très vite qu'ils avaient confié leur argent à un prête-nom qui n'existait pas et qui n'apparaissait sur aucun document.

Ruiné, le milliardaire du Kansas poursuivit Eva Fuego devant les tribunaux. Les plaideurs furent impitoyables avec celle qui n'avait eu, à leur égard, aucune pitié. Mais Eva Fuego dépensa une fortune pour corrompre les juges, la Compagnie fut déboutée, et, après une longue procédure, n'ayant signé aucun document, Eva Fuego bénéficia d'un non-lieu.

À trente-cinq ans, cette orpheline que l'on avait trouvée au fond des bois, dans la cendre et la mort, portait le destin des reines.

L'idée lui vint alors de faire une fête somptueuse qui serait l'occasion de montrer l'étendue de son pouvoir. Son succès éclatant la rendait insatiable. Elle se dit qu'elle pourrait ainsi maintenir son influence sur les élus et les juges, attirer les investisseurs étrangers et amener à elle les riches producteurs de « vieux rhums » qui détenaient encore le monopole caribéen. Elle oublia rapidement l'affaire de la Compagnie et, au sommet de sa légende, fixa la date de la fête.

XVI

La fête compta parmi les plus célèbres de son époque et fit couler autant d'encre que d'alcool. La maison était blanche comme une mariée.

Pour les préparatifs, des caravanes de négociants se succédèrent au pied du perron en proposant leurs marchandises. Vinrent ensuite des commerçants qui poussaient des chariots ambulants remplis de curiosités indigènes et de nouveautés d'Europe.

Eva Fuego achetait au prix fort. Elle décora la ferme avec des kilomètres de guirlandes, de banderoles et de parures de ruban. Un comédien offrit ses services pour circuler parmi les invités, déguisé en capitaine Henry Morgan, le sabre à la ceinture et le pistolet au poignet.

Enfin, un marchand asiatique, qui se tenait en retrait, souleva la bâche de son chargement et montra à Eva Fuego des bombes de poudre noire, connues dans tout le continent :

— Vous avez le choix, madame. Des lance-flammes, des cascades, des fontaines, des fusées de toutes les couleurs.

Eva Fuego avait entendu parler de ces feux d'artifice, venus de Chine, qui dessinaient des fleurs de nitrate dans le ciel. Ces explosifs faisaient un bruit de tonnerre et concédaient un indiscutable prestige à qui les utilisait.

Elle voulut y voir le symbole de son importance, comme le couronnement de son autorité, et en prit des boîtes entières qu'elle rangea dans l'entrepôt où vieillissaient les tonneaux.

La fête commença dans l'après-midi. Pour honorer la distillerie, un bassin de pierre avait été installé sur le perron, et trois fontaines en marbre rose, où l'on avait versé cinq cents bouteilles de rhum, quatre cents de vin de Malaga, dix litres d'eau, trois cents kilos de sucre et deux cents noix de muscade. On pressa mille citrons que des enfants avaient remués pendant deux jours pour servir près de quatre cents invités.

Le meilleur maître rhumier du pays organisa des dégustations. Il montra comment faire des mélanges, diluer les alcools, créer des combinaisons, et servait du *shrub*, de l'*alexandra*, de la *cachaça*, du *daïquiri*. Il prétendait que, pour obtenir les meilleurs cocktails, il suffisait de tenir un verre d'agrume près d'une bouteille de rhum traversée par un rayon de soleil.

On prépara des marinades à l'ananas pour accompagner les crustacés. Les spiritueux ambrés affermissaient le râble de lapin, baigné d'épices, et les queues de langouste. On flambait du rhum blanc sur les bananes, sur les papayes, sur toute sorte de desserts. Le beurre avait été sculpté en forme de bouteille.

Il y avait tant de monde qu'on se poussait pour passer. Une liste interminable de personnages illustres et influents se croisait, des diplomates, des artistes, des planteurs, des scientifiques. Glissant dans la foule, des domestiques tendaient des pots en faïence hérissés de cigares et distribuaient du sucre à volonté.

Les services se succédaient. On passait des écuelles pleines à ras bord de chocolat suisse et de pâtisseries libanaises. Des pastilles de violette répandaient leur odeur au-dessus de plats d'argent où l'on servait du cygne et du foie gras avec de l'absinthe. Un athlète noir, au torse nu, offrait des triangles de fruits piqués à la pointe d'une dague espagnole.

On avait fait venir des huîtres et des poulpes de Mochima. Sur les tables, des cruches de glace pilée, des babas au rhum. On avait pendu un lustre à pampilles, et, posées sur des guéridons, des épées étaient sorties de leurs fourreaux de basane, scintillantes comme si elles étaient à vendre, les poignées ornées d'inscriptions latines.

Des assiettes en porcelaine tournaient avec des tourteaux vivants et des cailles mitonnées dans une fine graisse d'oie. On servait les alouettes au poids plutôt qu'à la pièce. Sur des lits de salade, de la chair d'ortolan, des nids d'hirondelles et une viande bleue de toucan que l'on présentait comme une finesse de Trinidad et Tobago.

Il y eut un concert de tam-tam et des danses africaines. On transporta des hautbois et des cymbales dans des roulottes achetées à des gitans, et même une harpe fut hissée sur un char à bœufs. Des violonistes par dizaines peuplaient les plantations. Près du poulailler, une fanfare jouait des hymnes de pays que personne ne connaissait.

Soudain, la musique s'arrêta, un éclat de trompette retentit comme une foudre, les pans d'un rideau s'ouvrirent, et Eva Fuego apparut au milieu du perron dans toute sa gloire de Diane chasseresse.

Les flambeaux autour d'elle donnaient un ton cuivré à sa peau, un vermeil plus profond à sa brûlure. Sa chevelure parsemée d'or ondulait sur ses larges épaules. Un rubis fermait l'échancrure de sa robe en fils de bysse, ornée de coquillages de nacre. Elle tenait à la main une canne en bois qui imitait les nœuds et les entre-nœuds de la canne à sucre, dont le pommeau était taillé dans une émeraude.

Eva Fuego entra dans la foule, saluant tout son monde avec des gestes calculés, laissant tomber des regards hautains et puissants, comme un puma dans une basse-cour.

Ici, on parlait de méthodes de vieillissement des alcools, de techniques agricoles. Là, des militaires illustres, décorés jusqu'au col, qui ne se séparaient jamais de leur épée en écharpe, racontaient leur guerre.

Ces gens formaient une société hétéroclite, mi-locale, mi-étrangère, insolente et bruyante, qui fréquentait d'habitude les clubs privés, les salons de fumeurs et les tables de jeu. Un brouhaha s'élevait et des silhouettes passaient comme des ombres. On s'observait, on s'examinait, la foule avait mille yeux.

Eva Fuego allait de groupe en groupe. Elle régnait sur son domaine, s'assurant des besoins, comptant les bouteilles, s'informant auprès des serveurs. Des tuyaux de narguilés passaient de main en main, dont les senteurs enfumaient l'air. Au milieu, un paon dont on avait doré le bec se promenait entre les invités et éparpillait ses couleurs en éventail.

À minuit, deux consuls arrivèrent sur des juments caparaçonnées. Ils apportaient un couple de *guaca-mayas* en cage et un zèbre transporté dans la cale d'un navire, qui s'agenouilla devant Eva Fuego sur un parterre d'orchidées.

On n'avait pas vu une telle fête depuis l'époque des Borgia. Une troupe de théâtre en composa une ballade que, trente ans plus tard, dans certaines foires, on chantait encore.

À l'apogée de la nuit, Eva Fuego envoya un commis descendre dans la réserve, là où dormaient les barriques de vieillissement pleines de rhum, pour y rapporter les feux d'artifice.

Les tonneaux étaient alignés, les uns sur les autres, le long des quatre murs, montant jusqu'au plafond. Le commis entra en tenant à la main une chandelle rudimentaire, qui enfumait au lieu d'éclairer. Elle était couverte de sel et d'huile.

Ivre, il titubait en cherchant une boîte où s'entassaient les feux d'artifice, mais, troublé par l'alcool, dérangé par la fumée, il laissa s'échapper une étincelle sur un liquide qui avait coulé d'un baril.

Une haute flamme s'éleva soudain. Effrayé, le commis lâcha la chandelle. Le rhum déversé, la paille sèche, le bois des tonneaux, la poudre des fusées, tout prit feu avec une rapidité affolante.

– Le feu ! Le feu !

À ce mot, Eva Fuego sentit sa brûlure rougir sur son visage. Un effroi se répandit dans la foule. Une nuée ardente dévala de la colline et, au loin, les premières flammes apeurèrent les enfants.

À la ferme, on poussa des cris, on se bouscula. Quelque chose explosa dans l'entrepôt. À la détonation et à la secousse, tout le monde se précipita d'un bond vers la sortie.

Eva Fuego se dirigea vers le hangar qui fumait de partout. Les flammes s'insinuaient entre les planches, montaient à l'assaut du ciel, et le bois craquait, crissait, se fêlait. Eva Fuego étouffait dans l'air brûlant, tandis que des gens affolés couraient autour d'elle.

Les barriques, une à une, commencèrent à éclater, des milliers de litres d'alcool s'enflammèrent, les éclats de bois volèrent dans le ciel, et les fusées des feux d'artifice déclenchèrent un vaste incendie.

Eva Fuego ordonna aux hommes les plus hardis de se rendre à la réserve, de lever l'écluse, de prendre des seaux d'eau. Trente hommes se relayèrent pour former une chaîne humaine. Ils montaient et descendaient sur de hautes échelles, disparaissaient dans de puissants tourbillons de fumée noire et ressortaient en toussant, crachant, vomissant.

En voyant que le feu ne diminuait pas, Eva Fuego éclata de colère. Il fallait à tout prix sauver la production de l'année qui représentait le gros de son investissement.

Elle eut l'idée de faire rouler les tonneaux jusqu'au fleuve en coupant les cordes qui les tenaient entre eux. L'incendie, ravivé par le vent, faisait de larges mouvements de houle. L'énorme quantité de poudre lançait des bombes dans toutes les directions, dans un grand vacarme, explosant dans les fermes voisines, affolant les bêtes.

Personne ne voulait plus s'approcher de la réserve. Eva Fuego s'élança elle-même vers le bâtiment en flammes, les pans de sa robe relevés, marchant sans peur à grandes enjambées.

On la vit entrer dans l'épaisse fumée et disparaître. Mais les flammes la repoussèrent, sa robe prit feu, et ce qu'on vit sortir ne fut pas les tonneaux qui roulèrent jusqu'au fleuve, mais la silhouette d'Eva Fuego qui tout à coup jaillit de l'entrepôt comme une torche humaine, poussant des cris abominables, sous des feux d'artifice qui peuplaient le ciel, en fuyant vers la rivière pour se noyer.

Elle tomba dans l'eau. Le courant était violent. Les rapides l'entraînèrent aussitôt. Des hommes se précipitèrent sur les berges pour la rattraper, mais ils ne la trouvèrent pas.

On chercha pendant quelques minutes, quand soudain le corps d'Eva Fuego revint deux ou trois fois à la surface, comme un morceau de bois qui se cogne entre les pierres.

On poussait des hurlements depuis la rive. Des piroguiers furent appelés en urgence, des cavaliers partirent pour redescendre le cours, fouiller les rives. En à peine une heure, toute la région apprit la disparition d'Eva Fuego.

Chacun eut alors sa version. On envoya en reportage des journalistes pour enquêter. Rapidement, une foule de curieux s'attroupa devant la maison.

Au lever du jour, on n'avait toujours pas repêché le corps d'Eva Fuego. La police organisa des battues en aval et dans les bois environnants. Une dizaine de détectives furent mobilisés, les mares et les fosses septiques furent vidées.

Les cris de joie, les lumières de la fête, tout avait disparu dans une aube silencieuse. Des hommes débarrassèrent de ce qui subsistait de l'entrepôt. On jeta les barriques éventrées, les poutres calcinées, les vestiges de la charpente. Et ce qui resta d'Eva Fuego ne fut que des braises fumantes et une ferme en ruine, solitaire et déchirée, que trois générations de femmes avaient abandonnée.

XVII

L'incendie de la fête laissa dans le ciel un couvercle de cendres qui mit trois ans, dix mois et cinq jours à disparaître.

Il empêcha le soleil de passer et la pluie de tomber. La cendre finit par manger la terre. La vallée autrefois verdoyante, humide sur les berges du fleuve, riche en humus et en sels minéraux, abritée de forêts et de végétation serrée, prit un aspect de savane. Des sols arasés avaient été rendus stériles par les érosions. L'incendie avait dévasté la flore, tué les oiseaux dans l'œuf et dépeuplé les terriers.

L'eau des étangs devint verte. Dans les paysages, des roches lépreuses apparurent comme de vieux châteaux. Les moulins s'arrêtèrent. Les ateliers et les pressoirs cessèrent leur activité. La sécheresse accéléra l'évaporation des barriques, si bien que les tonneaux étaient vides lorsqu'on les ouvrait.

De la vieille mélasse pourrissait dans les cuves. Sur la terre des plantations, les broussailles étaient épaisses, les buissons épineux, les cannes hautes. C'est ainsi qu'un demi-siècle après l'arrivée de Severo Bracamonte, l'immense région qu'il avait développée, si vivante autrefois, séchait à présent sous une plaque charbonnée dont les cendres, déplacées par le vent, au milieu de ce naufrage national, dessinaient une poussière d'or noir.

Les maisons, les fermes, les demeures, tout était recouvert d'une couche grise. On avait dû pendre des cloches au cou des bœufs, car ils soulevaient sous leurs sabots tant de cendre qu'on ne les voyait plus passer sur le sentier. L'air était si vicié que l'on faisait porter des masques aux enfants qui, le teint blafard, la bouche amère, n'arrêtaient plus de tousser.

Le parfum de l'air s'était mêlé à celui du feu, et des millions de flocons grisâtres tombaient sur les cages des canaris, les berceaux des bébés et les chevaux dans les écuries. Les gens levaient les yeux au ciel et ne voyaient plus qu'une chape de nuages et de brume, qui se déposait sur les bâches des toits et sur les carreaux des fenêtres.

– Le pays brûle, disait-on.

La disparition d'Eva Fuego avait tout bouleversé. Désormais, le village dépendait de son commerce et on commença à mesurer les inconvénients de ce monopole.

La soudaine richesse d'Eva Fuego, qui avait fait la prospérité de la distillerie et l'orgueil de la région, eut également la conséquence d'encourager l'oisiveté et la paresse. Les importations avaient été si importantes que les champs n'étaient plus cultivés. On manqua de café, de cacao, de maïs, de coton, sur cette terre qui pourtant était la seule à pouvoir en produire.

L'abondance de la ferme des Bracamonte avait fait, tout à la fois, la grandeur et la perte du village. Il y avait là la nature des malédictions bibliques.

Parce qu'on la croyait coupable de tout, on pilla la propriété d'Eva Fuego. On éventra les meubles, on mit à sac le salon, on vida les chambres, l'étable et le grenier.

On força la porte de la cave où l'on trouva quelques tonneaux qui contenaient encore du rhum. À la hache, on les mit en perce et on goûta ce qui était à l'intérieur.

– C'est le rhum d'Eva Fuego, fit remarquer quelqu'un. Il porte malheur.

Mais les barils furent ouverts et, pendant des mois, on se servit selon son cœur. Lorsqu'ils furent vides, on les scia en deux pour faire des bacs à fleurs, et c'est alors qu'on découvrit dans l'un des tonneaux le cadavre de John Kinloch, l'ancien propriétaire anglais, roulé en boule, nu et rasé, le seul homme à avoir essayé d'attaquer Eva Fuego.

Ce fut plus ou moins vers cette époque que Serena réapparut aux abords du village.

Elle assura n'avoir jamais appris la nouvelle de la mort d'Eva Fuego. Une autre douleur la faisait revenir, une autre souffrance l'habitait. Elle débarqua avec sa blessure secrète qui, à voir ses yeux éteints, semblait l'avoir abattue.

Mateo San Mateo avait fini par la lasser, comme tous les hommes avant lui. Elle était partie avec tant d'enthousiasme, tant de rébellion, si confiante dans l'amour, qu'elle revenait à présent dévastée, l'âme arrachée.

Des coiffes d'étamine cachaient son front pâle où des rides se creusaient. Son visage, hachuré par les épreuves de l'amour, par les espérances déçues, s'était racorni et jauni comme un vieux livre, et autour de son cou brillait un sautoir en perles qui avait perdu son éclat. Elle conservait la robe de satin bleue qui avait tant fait parler d'elle dans sa jeunesse et que l'âge maintenant lui refusait. La tristesse lui rendait ce que le temps lui avait ôté.

En arrivant sur la place principale, Serena sentit son cœur oppressé. Elle retrouva ce paysage abîmé par la sécheresse, dont chaque détail lui était connu.

Elle reconnut cet horizon écrasé de touffeur, isolé du monde, qu'elle avait observé pendant tant de soirées d'ennui. À nouveau, elle sentit monter le parfum des labours qui l'étouffait depuis sa naissance, comme les murs humides d'un couvent. Elle aperçut au loin le clocher de l'église, qui coupait le ciel, aux couleurs fanées, près du cimetière où dormaient, côte à côte, sous deux aloès, le père et la mère Otero. Elle revit le jardin en friche, là où Severo avait été incinéré et où il ne restait maintenant qu'un muret sablonneux.

Cent amers espoirs, cent discrètes nostalgies, cent muettes prières lui revenaient en mémoire. Le passé rechigné, profond et aride, qu'elle avait fui passionnément, resurgissait maintenant comme s'il ne l'avait jamais quittée.

Elle arpenta les rues sans se presser jusqu'à sa maison. Les décombres de la ferme avaient l'aspect d'une ruine féodale. La pierre avait pris un ton gris, vert sombre, abritée d'une lèpre de lierre.

Le chemin de goyaviers qui menait aux trois marches de l'entrée s'était réduit, mangé çà et là par des tentacules de ronces, jusqu'à devenir un étroit sentier sans fleurs.

Serena enjamba des fougères pour accéder au perron. Les balustrades avaient bruni, léchées par les flammes, et la rouille empêchait d'ouvrir la grille barrée par des planches en bois. Sur le tapis de graviers blancs, poussaient des orties accompagnées de mauvaise herbe et, sur les marches, des plantes parasites dont les graines, portées par le vent, avaient germé au hasard. On aurait cru que personne n'avait jamais traversé ce perron solitaire, où la nature avait repris ses libertés.

Au centre, la statue de Diane se tenait sur son piédestal aux taches verdâtres, brisée sur les bords. La moiteur dans laquelle elle avait passé sous terre des siècles d'oubli avait hâlé son marbre, pareil à l'effet du soleil sur une peau. De la terre, on l'avait placée au soleil, du soleil à la brume, et elle avait acquis avec ces changements de lieux une triste majesté.

Les marques sur son corps, les traits rongés, les rides profondes, le visage martelé lui offraient une deuxième beauté, une seconde renaissance, qu'une couche de cendres couvrait délicatement. Comme Serena, elle avait subi l'équivalent des assauts du temps, de la lassitude, des drames.

Serena ouvrit la porte de la maison et entra. Le sol était jonché de débris. Des nids d'hirondelles occupaient les encoignures des fenêtres. Des lézards se glissaient entre les fissures du plafond. Chaque marche de l'escalier grinçait, chaque chambre était dénudée.

La pièce principale, qui avait servi de salle à manger, était d'une froideur déserte, et des coulées de moisissure salissaient les deux photographies de Serena et Eva Fuego encore accrochées à un pan de mur.

Alors qu'elle parcourait le salon, Serena fut étonnée de constater que la porte de l'habitation du fond, habituellement fermée, était ouverte. Elle crut revoir la petite vieille qui traînait sa misère tous les 1er novembre, le seau vide à la main, laissant sur son passage une odeur de cannelle.

Alors, pour assouvir une curiosité venue de l'enfance, elle entra dans la chambre interdite pour la première fois de sa vie.

La pièce donnait sur une chambre obscure qui sentait la braise froide. À l'intérieur, sur les murs, le papier était cloqué par l'humidité et des meubles retournés avaient été mis en travers de l'entrée.

Peu à peu, son œil s'habitua à la pénombre, et Serena découvrit une chambre vieille et laide, aux vitres brisées, plus grande qu'il n'y paraissait. Le plancher craquait sous ses pas. Il avait l'air d'avoir été attaqué à coups de hache pour en arracher les lattes et ne tenait que grâce à quelques clous oxydés. La chambre avait dû être lumineuse autrefois, mais elle était à présent si fanée, si morne, si détruite, que Serena en frissonna.

Elle allait refermer la porte lorsqu'elle vit bouger une couverture de laine d'où sortait une patte rougie, presque mauve, petite comme celle d'un chiot.

Quand Serena la retira, apparut le corps d'un animal recroquevillé qui respirait à peine. Sa tête était chauve, plus foncée qu'un bronze. Son nez se réduisait à deux trous au milieu de son visage. Les joues étaient noircies par endroits et ressemblaient à des sillons de terre labourée.

L'animal se tourna vers elle. Deux yeux vides la fixèrent, et Serena poussa un cri d'horreur. Elle recula et porta ses mains à sa bouche. Couchée par terre, les muscles écorchés, brûlée jusqu'à l'âme, Serena reconnut Eva Fuego.

Sa fille survivait là, depuis des années sous cette couverture, dans la poussière comme une bête blessée. Elle se tortillait en poussant des râles, soufflait une haleine fétide. Des restes de haillons sur ses épaules laissaient entrevoir sa peau cirée, carbonisée, pleine d'écailles boursouflées. Des lambeaux de chair collaient à son corps flétri qui ne pouvait plus se soulever seul.

La reconnaissant, Eva Fuego émit une plainte aiguë, mais rien de plus ne sortit de sa gorge. Elle remua avec difficulté, repoussant les bords de la couverture qui mit ses jambes à nu.

Un éclat jaune illumina la pièce, et là, entre les planches éventrées, apparut un tapis parsemé de mille joyaux, de dentelles ornées, d'argent, de soies de brocart, de vaisselle fine et de sacs de pièces d'or.

Cette créature dormait ainsi depuis trois ans sur un lit d'émeraudes, de rubis de toutes tailles, de soieries et de gemmes, au fond de cette alcôve, s'abreuvant à la lumière de son trésor. Rien n'était plus triste que cet être prisonnier de lui-même, enchaîné à lui-même, survivant dans un coin lépreux, léchant l'or comme une plaie.

Serena resta paralysée. Un souvenir lui revint brutalement. Celui de l'enfant pure, au pelage roux, née d'une plantation incendiée. Elle revoyait sa poitrine minuscule et haletante, sa tête ronde, les pupilles effrayées.

Brusquement, Serena retrouva son instinct maternel. Elle se mit à fouiller dans la chambre, les tiroirs, les étagères, les armoires. Elle trouva dans une commode des plantes, du vin de cannelle et des chandelles.

Avec des gestes à la fois lents et précis, elle s'agenouilla aux côtés d'Eva Fuego et lui posa sur différentes parties du corps, avec ce soin religieux qu'elle avait depuis son enfance, des compresses pour la cicatrisation de ses brûlures.

Sa peau n'était plus rien que du papier froissé, aussi fin qu'une pelure, aussi fragile qu'un velours, dont les blessures se rouvraient à chaque mouvement. Mais quand Serena appliquait ses pansements, Eva Fuego ne gémissait plus. Elle se contentait de regarder sa mère fixement, les yeux absents.

Ce corps résistant et despotique, qui avait inspiré tant de crainte durant trente ans, avait rapetissé jusqu'à devenir une chose sans défense et frêle. À présent, elle ressemblait à ce capitaine agonisant dans le naufrage de son bateau, au milieu des Caraïbes, qui n'avait plus la force que de serrer son trésor dans ses bras.

Cette nuit-là, Eva Fuego mourut dans l'odeur des amandiers. Une douleur muette traversa le cœur de Serena. Elle pleura la défaite de sa fille, l'aboutissement d'une existence vaincue.

Assise par terre, devant le cadavre, si pauvre après tant de richesses, elle sentit qu'elle ne possédait plus rien. Elle décida de mettre en vente la ferme pour une somme ridicule. Dans l'acte de propriété, une clause prévoyait que les nouveaux propriétaires s'engagent à ne rien toucher dans la chambre du fond.

Alors Serena ferma la porte à plusieurs tours et quitta la ferme, en sachant déjà qu'elle reviendrait tous les 1er novembre, vêtue d'une robe à dentelles, un seau vide à la main, pour pleurer sa fille et ses deux maris, car il ne lui restait de sa lignée perdue, du sucre noir de ses jours, que le trésor de Henry Morgan, elle qui ne l'avait jamais cherché.

Mise en pages
PCA – 44400 Rezé

Imprimé par CPI (Barcelona)
en mars 2019

Imprimé en Espagne